外国文艺理论丛书

古代印度文艺理论文选

〔印度〕婆罗多牟尼等 著
金克木 译

人民文学出版社
PEOPLE'S LITERATURE PUBLISHING HOUSE

图书在版编目（CIP）数据

古代印度文艺理论文选／（印）婆罗多牟尼等著；金克木译．—北京：人民文学出版社，2022
（外国文艺理论丛书）
ISBN 978-7-02-015854-6

Ⅰ．①古… Ⅱ．①婆… ②金… Ⅲ．①古典文学研究—印度—文集 Ⅳ．①I351.062-53

中国版本图书馆 CIP 数据核字(2019)第 254040 号

责任编辑　**张欣宜**
装帧设计　**黄云香**
责任印制　**王重艺**

出版发行　**人民文学出版社**
社　　址　**北京市朝内大街 166 号**
邮政编码　**100705**

印　　刷　**三河市鑫金马印装有限公司**
经　　销　**全国新华书店等**

字　　数　**82 千字**
开　　本　**880 毫米×1230 毫米　1/32**
印　　张　**3.5　插页 1**
印　　数　**1—3000**
版　　次　**1980 年 1 月北京第 1 版**
印　　次　**2022 年 1 月第 1 次印刷**

书　　号　**978-7-02-015854-6**
定　　价　**42.00 元**

出版说明

“外国文艺理论丛书”的选题为上世纪五十年代末由当时的中国科学院文学研究所组织全国外国文学专家数十人共同研究和制定，所选收的作品，上自古希腊、古罗马和古印度，下至二十世纪初，系各历史时期及流派最具代表性的文艺理论著作，是二十世纪以前文艺理论作品的精华，曾对世界文学的发展产生过重大影响。该丛书曾列入国家“七五”“八五”出版计划，受到我国文化界的普遍关注和欢迎。

进入新世纪以来，随着各学科学术研究的深入发展，为满足文艺理论界的迫切需求，人民文学出版社决定对这套丛书的选题进行调整和充实，并将选收作品的下限移至二十世纪末，予以继续出版。

人民文学出版社编辑部

二〇二二年一月

目　次

译者序

古代印度文艺理论指的是梵语文学中的一些理论著作，其中现存的、已刊行的、有较大影响的有下列一些书：

《舞论》(*Nāṭyaśāstra*)。作者相传为婆罗多牟尼，即婆罗多仙人(Bharatamuni)。成书时代约在公元前后。论戏剧、舞蹈、音乐等各方面。

《火神往世书》(*Agnipurāṇa*)。公元后的著作，其中有一部分论述文学。

《诗庄严论》(*Kāvyālaṅkāra*)。作者婆摩诃(Bhāmaha)。约公元七世纪的著作。论文学和修辞学。此外还有一部同名的著作，时代较晚(九世纪)。

《诗镜》(*Kāvyādarśa*)。作者檀丁(Daṇḍin)。约公元七世纪的著作。论文学和修辞学。

《诗庄严经》(*Kāvyālaṅkārasūtra*)。作者伐摩那(Vāmana)。八世纪的著作。内容与上两书同类。形式则是“经”体，有“经”有“注”。

《摄庄严论》(*Alaṅkārasaṅgraha*)。作者优婆吒(Udbhaṭa)。约八世纪的著作。

《诗庄严论》(*Kāvyālaṅkāra*)。作者楼陀罗吒(Rudraṭa)。约九世纪的著作。

《韵光》(*Dhvanyāloka*)。作者阿难陀伐弹那(Ānandavardhana，意译为欢增)。九世纪的著作。提出“韵”的理论，对后来影响很大。

《韵光注》(*Locana*, 原意是“眼目”“照明”)。作者新护(Abhinavagupta)。约十至十一世纪的著作。这实际是一部专门著作，大大发挥“韵”的理论，成为后来直到现代的文艺理论权威。新护也作了《舞论》的注。

《曲语生命论》(*Vakroktijīvita*)。作者恭多罗(Kuntala)或恭多迦(Kuntaka)。十世纪的著作。它认为“曲语”即“巧妙的措辞”是诗的生命，不同意“韵”的理论。此外，不同意“韵”的理论的还有约十世纪的著作《心镜》(Hṛdayadarpaṇa)。作者跋吒·那药迦(Bhaṭṭa Nāyaka)。它强调词有三种作用：包含意义，使听众普遍领会，使听众享受。原书已佚。

《十色》(*Daśarūpaka*)。作者胜财(Dhanañjaya)。十世纪的著作。“色”即戏剧，本义为形式，这是一个术语。本书原是《舞论》中论戏剧部分的摘要和发挥，后来成了戏剧理论读本。

《诗探》(*Kāvyamīmāṃsā*)。作者王顶(Rājaśekhara)。十世纪的著作。论述诗的各方面，承认梵语(雅语)、俗语及另两种地方语言有同等地位。

《辨明论》(*Vyaktiviveka*)。作者摩希曼·跋吒(Mahiman Bhaṭṭa)。十一世纪著作。注重意义，认为领会诗要包括推理在内。

《诗教》(*Kāvyānuśāsana*)。作者雪月(Hemacandra)。约十一二世纪著作。兼论戏剧。另有一部同名著作，时代较晚(十二三世纪)。

《诗光》(*Kāvyaprakāśa*)。作者曼摩吒(Mammaṭa)。约十一二世纪的著作。这是直到现代还流行的文学理论和修辞学的读本。

《辩才天女的颈饰》(*Sarasvatīkaṇṭhābharaṇa*)。作者婆阇(Bhoja)。十一世纪的综合性的著作。

《庄严论精华》(*Alaṅkārasarvasva*)。作者鲁耶迦(Ruyyaka)。十二世纪的著作。

《文镜》(*Sāhityadarpaṇa*)。作者毗首那他(Viśvanātha,意译为宇主)。十四世纪的著作。同《诗光》《十色》一样是直到现代还流行的读本。这书还兼论戏剧。

《味海》(*Rasagaṅgādhara*)。作者世主(Jagannātha)。十七世纪的著作。这可算这类古典著作中的最后一部有地位的书了。

此外,当然还有不少各种各样的著作(包括讲诗的格律的书),但具有理论意义和历史意义的,大致就是上列的这些书。

现在从这些书中摘译出五部书的比较有理论性的章节,可以算是"管中窥豹",不过见其一斑;也许可以借此稍微了解印度文化传统的一角,并同我国古代的文艺批评理论略做对照。

下面分别把摘译的五部书和译文的根据做稍详细的介绍。

一 《舞论》

《舞论》(戏曲学)是现存的古代印度最早的、系统的文艺理论著作。作者相传是婆罗多牟尼(婆罗多仙人),这只是传说中的戏剧创始人的名字。成书的确切年代至今未定,一般认为大约是公元二世纪的产物;但书中引了一些传统的歌诀,可见书的内容及原型应更早于成书年代,可能在公元以前。有两种传本,各有不止一种不同写本。一八八〇年、一八八四年、一八八八年在法国刊行了其中几章的原文。一八九四年印度孟买才出版了全本,作为《古诗丛刊》(*Kāvyamālā*)之一。一八九八年法国刊行了根据各种写本的校定本,但只到第十四章。一九二六年和一九三四年印度巴罗达刊行了附有新护注本的两卷,但也只到第十八章。一九二九年印度贝拿勒斯(现名瓦拉纳西)出版了另一种本子。一九四三年《古诗丛刊》本出了第二版,附注各刊本的异文。一九五〇年印度加尔各答刊行了高斯(Manomohan Ghosh)的英文译本,只到第二十七章(孟买本的原文有三十七章)。在这以前,欧洲发表的法文的翻译也只有几章。各刊本的章节颇有不同。

《舞论》是一部诗体(歌诀式的)著作,只在很少地方夹杂散文的解说。它全面论述了戏剧工作的各个方面,从理论(戏剧的体裁和内容分析)到实践(表演程式等)无不具备,而主要是为了满足实际工作的需要,起一个戏剧工作者手册的作用。它论到了剧场、演出、舞蹈、内容情调分析、形体表演程式、诗律、语言(包括修辞)、戏剧的分类和结构、体裁、风格、化装、表演、角色,最后更广泛地论音乐。它所谓戏剧实是狭义的戏曲,其中音乐和舞蹈占重要地位,而梵语"戏剧"一词本来也源出于"舞"。所以书名照词源本义译作《舞论》,而书中的 nāṭya 一词仍译作"戏剧",也不改译"戏曲"。

有这样全面而细致地系统论述戏剧演出的各方面的书出现,这表明当时印度戏剧已经有了长期的发展和丰富的内容。从书的内容也可看出它是实际从事戏剧工作的人所作的总结,而不是观剧或编剧的文人的评论。这个全面总结一经出现,它就对后来的文艺理论产生了很大的影响。一方面,关于戏剧的理论著作(到大约十四世纪的《文镜》为止),就现存的书看来,皆出自文人手笔,大体上不能出其范围,而戏剧作品也在主要原则上遵循其规定。另一方面,它所论到的一些理论问题,如"味""情"的解释和分析,对于论诗(广义的,即文学)的著作也成为重要的课题。各派文学理论,或则默认这种说法为理论前提,或则加以发展,提出新的意见。一般的文学评论也以这套理论为其出发点,许多说法已成为文人常识。在整个梵语古典文学时代中,"味"的含义逐步发展成为文艺理论的一个中心论题。经过各派的争论,所谓"味"(加上了"韵")竟从《舞论》的素朴解说愈来愈变成包括神秘的、色情的、宗教的内容的烦琐哲学。

《舞论》基本上是注重实际演出工作的书,与后来的文艺理论书注重创作和评论作品不同;但是它在理论方面仍然接触到一些重要的问题，而且往往有在当时历史条件下不失为多少有进步意义的意见。例如它论到了戏剧与现实的关系，戏剧的目的、效果和教育意义，戏剧的基本因素及其相互关系，戏剧如何通过表演将本身的统一情调传达给观众，各种表演（语言、形体、内心活动见于外形）的意义与相互关系，各种角色（人物）的特征，如何判断戏剧演出的成功与失败等等。它承认现实生活是戏剧的基础与来源，戏剧应当全面反映现实，模仿现实生活。它规定戏剧不只是满足观众的不同需要和娱乐，更应当有教育意义。它认为戏剧应有统一的基本情调而一切必须与此结合并为此服务。它认为基本情调（“味”）有其产生的条件，也就是说，能通过一定的活动而为人们所明白认识的具体情况（“别情”），因而可以有一定的具体表演方法作为传达手段（“随情”），而一个基本情调（戏剧的亦即文学的）乃是根据现实生活中人的一般感情表现（“情”）而定，而同类感情又有复杂的情况，故必须依作品内容需要定出主次（固定的“情”和不定的“情”），以配合基本情调。它看到了戏剧与其源泉的关系是要“模仿”，而戏剧与其效果的关系是要“感染”，至于这个过程的中间环节则在于凝为以“情”为基础的“味”，而借复杂的表演以求传达出统一的内容。它断定以外形活动表现的内心活动表演是表演的基础，而看不见的内心活动应与基本情调（“味”）和谐一致。它分析现实生活中人物的心理状态与感情特征而归结为八种“味”和许多“情”，一一提炼为舞台上的表演程式。它重视语言在戏剧中的作用。它具体分析戏剧的成功和效果，认为来自语言和外形的低于来自内心表演和情调感染的。它又分析戏剧的失败除来自自然界和敌人以外还有剧本、演出和演员本身的错误。然后它分析观众的各种情况，认为“世人”的种种不同品质是戏剧的基础，而“世人”才是评判戏剧成败的权威。总之，它把戏剧的来源、依据、目的、效果、成分、传达方式及其中的道理、评价标准等等问题都论到了。尽管书中的这些思想有些模糊、矛盾，其表达方式也很素朴、简单，而且用了两千年前古代印度人所习惯的方式，说的是“行话”，但是其中心思想却显然是系统的、一贯的、有条理可循的。

在论“味”和“情”的关系等方面，它似乎实际上已经接触到了现代所谓美和美感的问题。这在后来的理论（主要是新护的著作）中得到了发挥，而为现代一些印度学者作为古典美学理论加以阐述。

至于书中表现的思想方法，例如着重分析和计数以及用类推比喻作说理的证明，则是古代印度的传统习惯，我们从汉译佛教经典中也常可见此情况。这种分析有时很精细，有时不免琐碎、拼凑和不确切。问难和辩论也是古代印度常用的论著体裁和思想方法，这在书中不多见。书中显然有两个层次，论“味”和“情”部分中的散文自然比歌诀为晚，因而有些论证方式与全书体例不大一致。

当然，在《舞论》的时代，戏剧只能是供上自宫廷下至市井观赏而以富裕的剥削阶级为其主要服务对象的。这从它所分析的人物及情调的着重点以及评价的立足点上可以看得出来。可惜除了《舞论》本身以外，当时的戏剧活动情况别无较详资料，而所有现存的剧本几乎都产生在它以后而且绝大多数是文人作品。不过，剧本《小泥车》（有吴晓铃汉译本）和在新疆发现的马鸣的剧本残卷可能与现存的《舞论》的本子时代相去不远，从那里面可以推测到当时戏剧活动还主要在民间而且集中于城市。大概是因为这个缘故，《舞论》和后来关于文学及戏剧的理论著作之间，在主要内容和思想倾向上，有着重要的差别。《舞论》中虽没有什么反抗、斗争的气息，也还没有像后来那样偏重于形式和“艳情”。如果把比它稍早的《利论》（*Arthaśāstra*）和比它稍晚的《欲经》（*Kāmasūtra*）拿来比较，则城市社会上层的政治黑暗和风俗腐败在《舞论》中虽有反映，却还不是其主要方面，可见当时的戏剧理论工作者还与人民有着相当的联系,而戏剧观众的面还不那么狭窄。

现在把《舞论》中总论戏剧及论“味”和“情”的部分摘译出来,作为古代印度最早的文艺理论资料。译文根据印度孟买《古诗丛刊》本(一九四三年第二版),参考高斯的英译本。两本有些不同,但这一部分的差别还不大。

二 《诗镜》

《诗镜》是古代印度同类书中现存的最早的两部之一。作者署名檀丁,同一名下还有一部小说《十公子传》。《诗镜》是诗体,共三章,六百六十节诗。原文曾传入我国西藏地区,译成藏文,原文用字母拼写和藏译一并收入西藏佛典《丹珠》中,还另有一部藏文注释。印度刊印本最初出版于一八六三年,附有校刊者爱月·辩语主(Premacandra Tarkabāgīśa)做的梵文注释,作为《印度丛书》(*Bibliotheca Indica*)之一。一八九〇年德国出版了波特林克(Otto Böhtlingk)校译的原文附德译的本子,所依据的就是一八六三年的印度刊本。一九三九年印度加尔各答大学出版了巴纳吉(Anukul Chandra Banerjee)校刊的梵文和藏文对照本,其中原文依据德格版《丹珠》,藏译则依据一个写本,据校者说即《丹珠》本的根据。现在的汉译即以这三种本子为据,但《印度丛书》本不可得,原文可依德国本,原注只有利用一九五六年印度加尔各答出版的一个附有部分英译的错字很多的翻印本。译者注中所称“德本”“藏本”“罗注”即指这三个本子。不少例句因与原文语言密切有关,德译、英译都照录原文。现在这些例句除照录原文外还附了汉译大意。摘译的是带有理论性质的第一章和第三章后半,第二章及第三章前半分析各种修辞手法,很多是离开原文即无大意义,故略去未译。

从本书内容可以看出这是古代印度早期文学理论的一个总结,实际是一本作诗手册。这一时期所着重的只是在形式方面,即“诗的形体”,所以着重在修辞;后人才讨论到“诗的灵魂”,即文学的本质或特性。印度古典文学中所谓诗,常是广义的,指文学,但比现在我们所了解的文学的意义为狭。它指的是古典文学作家的作品,以我们现在称为史诗的《罗摩衍那》为最初的典范。《诗镜》总结前人,影响后代,代表早期这类理论著作,而且很早就传入我国,在西藏还有过相当影响,有其历史意义。至于其理论则显然是限于当时作诗人的实际,正如《舞论》限于当时演剧人的实际一样,它的理论本身比较明白,从汉译和译者注大致可以看出其内容。简单说,它认为诗的“形体”就是表达某种意义的“词的连缀”,所以诗就是“语言所构成”(Vāṅmaya),是词与义结合成为诗句。诗体分为韵文体、散文体和混合体,而散文体又分为故事和小说。若依感觉接受分类,则是供听的诗和供看的戏两种体裁。若依语言分,则有雅语、俗语、土语、杂语、讹语(如将梵语中家宅一词的gṛha读成ghar,印地语现在即用后一字为家宅)。这就是《诗镜》对文学的理论,因此连篇累牍都是修辞法的分析与讨论。至于文学的内容、本质、作用,它并不认识,更谈不到文学的社会意义。把它和《舞论》的观点对照,可见其差别是相当大的。这不仅是由于隔了几百年的时代与社会有区别,而且是作者所属社会阶层以及当时所谓诗和剧的社会地位及情况所造成的。《诗镜》讲修辞手法时注重语音,看来繁难;其实我国以前学作旧诗词和四六骈语都得训练对平仄和对仗的灵敏感觉,印度人学作梵文诗也是一样;这是古代风气,由吟咏而来,并不足为奇。

三　《韵光》

《韵光》是大约九世纪的著作,书中有诗体歌诀和散文说明。

作者署名阿难陀伐弹那（欢增）。他究竟只是书中散文说明部分的作者，还是同时是诗体本文的作者，至今未有定论。不过本书的著名注者新护以及其他一些古人总是把《韵》的作者和《光（说明）》的作者分别来说，而且从书中散文说明的语气看来，似乎这部分确是一个注解。因此，很可能诗体本文是欢增以前的人所作的口诀。如果是这样，则本书原名应是《韵》，即《韵论》，而散文部分则是它的《光》，即解说，两者合称《韵光》。"韵"这个词的意义原只是声音、音韵，由于这一派理论才成为专门术语，由此具备了"暗示"的意思。

全书分为四章，诗体的本文只有一百十六节（散文说明部分引的诗不算在内）。第一章建立"韵"的理论，把反对者的主要论点逐一驳倒，其要点是在词的"析义"（分解）方面肯定了与"字面义"及"内含义"不同的"暗示义"亦即"韵"的依据。第二章和第三章正面分析这种"暗示义"或"领会义"或"韵"，由此涉及一些传统的理论问题如诗"德"和有关的修辞手法等。第四章论"韵"的实际应用。显然，这书既不是作诗手册，也不是文学理论的综合读本，而是提出重要理论观点的专门著作。

《韵光》在印度古典文学理论的发展史中占有极其重要的地位。它把以前的形式主义的注重修辞手法的理论传统打破了，创立了一个系统完整的关于"诗的灵魂"的理论。它吸收了一些语言学和哲学的论点作为依据，进一步发展了从《舞论》以来的"味"的理论，将这一方面的理论探讨大大推向前进，从而影响了几乎所有后来的文学理论家。尽管在它以后还有不少派别和不同纲领，但是在理论探讨的方向和道路方面都没有能够脱离它的指引。它显然是印度古典文学理论发展过程中分别前后期的重要里程碑。它的注者新护的发挥使这一理论体系具有神秘主义的哲学意义。到了现代，印度的受到西方文艺理论影响的人又对欢增和新护做了新的美学解说，这就更值得我们注意。大概因为这是一部理论专著，所以尽管地位崇高，影响巨大，本身却不及综合性的读本如《诗光》《文镜》等那样流行；但是它的理论要点仍然通过其他人的著作而不断传播（包括改头换面的、有变化和发展的），一直到今天。这一理论不仅对文学理论而且对文学创作，甚至在一般哲学思想中，都有或直接或间接、或明或暗、或多或少的影响。

《韵光》虽然在它出现之时的文学理论中可以算是有创造性的发展，但是它的局限性也是很明显的。它不能脱离那一时代的古典文学的创作基础，这从它所引为例证的诗中可以看出来。它突破了只讲修辞的狭隘的形式主义，却仍然从诗是“词和义”的组合这一点出发，并没有真正超出形式主义而达到分析作品内容的地步，更谈不到认识文学的社会意义。至于唯心主义观点和形而上学方法当然更是其根本缺点了。不过它在这有限范围内做了周密的思考和深入的探索，提出了有完整体系的理论，而且还不像后来人那样烦琐和晦涩，毕竟不愧为开山之作。《韵光》和这一理论在以后的发展还有一个重要区别：它里面没有浓厚的神秘主义色彩，而新护的注和其他著作则表明他是崇拜大自在天的神秘主义哲学家。

为什么这一理论会产生如此不容忽视的影响呢？下面从两方面试做考察：一是它以前的哲学思想发展，一是它当时的社会环境特点。

在古代印度学术思想发展史中，我们可以看出两种方法论倾向：一是对现象进行分析和计算，一是对现象进行本质的推究。前者引向烦琐哲学，后者引向神秘主义。值得注意的是前者还应用于语法和逻辑方面，即对构词的分析和对认识及推理的分析。这种分析研究所得的有些范畴和格式成为学术界的共同知识，虽则解释有所不同。文艺理论也不例外。从《舞论》已可以看出这种分析方法。从其解说“情”一词可见语法中析词法的影响。（参看第 4 页注②③及第七章。）在《韵光》以前，诗歌（文学）理论几乎都是修辞格式的分析排比；讨论诗“德”、诗“病”以至于所谓“风格”（派别）、程式，都是讲辞章形式，做各种分析、归类、计算。这样分析的中心思想是把诗当作“词和义”（形式和内容，现象和本质）的连缀。大诗人迦梨陀娑在长诗《罗怙世系》的开头颂诗中就提出“语言和意义”的联结，比喻为大自在天夫妇的不可分离，足见这也早已是作家的思想。《韵光》把修辞的分析向前推进一步，追究本质，开创了新的局面，从此诗的理论研究从“形体”转而扩大到“灵魂”。不仅如此，《韵光》还把语法家、逻辑家、哲学家的分析方法运用到诗的“词和义”方面来，而又从注重“词”转到注重“义”，建立了基于暗示的“韵”的学说。它利用分析的成果走到了分析的对立面。

与《韵光》的作者欢增差不多同时，也是在八、九世纪中，哲学思想方面也出现了一个具有类似业绩的人，就是商羯罗(Śaṅkara)。他总结和改造了前人的学说，继承了追究事物本质以至“灵魂”的一派思想传统，把唯心主义哲学推上一个高峰，完成了一个体系。这种称为“不二论”的思想到十二世纪前后有大发展，也和“韵”的理论一样到现代更受推崇。两者都把注重分析计算的方法论和认识论以至相联系的宇宙观撇到一边（类似佛教的“空宗”）。这不会是偶然的。

从历史发展看，文艺理论和哲学思想到这一时期有重大变化，那么，社会环境有什么变化？我们看到的最大变化是，信仰伊斯兰教的阿拉伯人在七、八世纪一度侵入印度次大陆，十世纪以后，伊斯兰教徒占领了北方，导致佛教作为一个教派的灭亡以及一些大庙宇的被洗劫与毁坏，当然，封建土地所有权也同时换了主人。伊斯兰教的反偶像的一神教的信仰主义，不可避免地要冲击原有的拜偶像的各教派（特别是佛教）的多神教思想。对社会下层受压迫人民改教的恐惧与仇恨，以及对新兴统治者的投降或对抗，都会使宗教和哲学中的斗争离不开阶级斗争和民族斗争。这可能是九至十二世纪间思想变化发展的重要社会背景。

欢增的《韵光》是从“诗的形体”——“词和义”——追究“诗的灵魂”的理论著作。商羯罗的《梵经注》(又名《有身经注》)是追究具有身体的(身体中的)灵魂的理论著作。这两部书都出现于时代的转换期间。这时(八、九世纪)政治上是“太平”的黄昏和风暴的前夕,学术上是纷争的末尾和“一统”的开头,文学上是古典雅语(梵语)文学的繁荣的末流和僵化的起点,各地民间语言的新文学正先后分别在酝酿和发展之中,宗教上是佛教开始没落和伊斯兰教开始兴起。这一时期的经济基础和上层建筑的变动情况是很值得探讨的,这里不过是提出问题。

下面再略说有关《韵光》内容的两点:一是词义分析,一是神秘主义。

《韵光》所依据的词义分析源出于前一时期的语法哲学和弥曼差派哲学;而讲逻辑的,讲分析世界的,甚至讲修行的,也都参加过讨论。首先是词形(“声”、音)和意义的分解,然后意义又分解为本义、转义和暗示。暗示在不同情况下对不同的人有不同的具体内容。同一词便由此分解为三种不同作用的方面。这样,一个词便分解为六,各有不同名称:三个是词形方面的“能”(能动的,即外形或工具),三个是意义方面的“所”(被动的,即内容或目标)。这种分解称为“析义”(Vṛtti),原来是语法上分析词的形态时用的术语。这些词和义如何构成句子和句子的意义?由此又分析出三个条件:彼此相“望”,相“联”,相“近”。这句子与构成其成分的词所显示的是一是二?就是说,词集合表示的与词分别表示的是否相同?集体是个别的单纯结合抑或是有新的内容?对这个问题,弥曼差派内部又有两派不同答复(参看第53页注④、第59页注④、第60页注①、第61页注④、第62页注②③、第63页注③、第67页注③、第69页注②)。像这样的分析再分析,由于梵语的构词和造句的特点,在语法、修辞、逻辑、哲学各方面产生了各种各样的术语和公式。这些本来就难了解，更难译成其他语言。（由汉译佛教“论”藏中一些书可见。）语言结构与逻辑思维间的关系在这里特别密切。《韵光》的理论的难以理解（但比后来的还要容易些），也因为它要求先知道这些前提，而这是当时的内行都知道的。这类书本不是为一般人写作的（参看第 63 页注③）。

近年来（六七十年代）国际上语言学界的新派理论和语义学的新的发展涉及了一些与上述类似的问题，也牵连到文艺理论（文体论、风格论），这使我们对古代印度学者的这方面的探索感兴趣。这里和后面译文中的几条译者注不过是简略提一提（例如第 69 页注②）。

至于神秘主义倾向虽然在《韵光》中还未发展，却也有其来龙去脉。这比以分析为特点的学术思想来源还要复杂。它是一道暗流，有民间的各派宗教迷信和巫术为基础，在社会上各时各地曾有各种表现，各起过或大或小的不同作用。这一思潮的势力实际上远远超过少数读书人的学术争论。（在佛教思想发展史上也很明显。）它的历史很长，文献很多，对印度人民的精神面貌有重大影响，需要做认真的科学的研究。《韵光》只是从文学和语言方面通向神秘主义（参看第 64 页注①）。

《韵光》是文学理论从形式主义转入神秘主义的中间站。这一发展同后几百年内印度新兴语言文学的关系也很显著。思想根基在社会，并不在语言，文言变为白话改变不了内容趋向。

现在译出《韵光》的第一章以见其理论要点，后面分析“韵”的几章没有译。这里的辩论文体会使看过佛典“论”藏的读者觉得熟悉。这正是古代印度学术辩论的一种基本方式。语法、逻辑、哲学等理论著作往往是这样。《文镜》第一章也是这样（见下文）。

译文根据的原本是印度出版的《迦尸梵文丛刊》本（*Kashi Sanskrit Series*，一九四〇年版）。书中附有新护的注和这个注的注疏，以及编者的小注。不过这层层的注是以新护的注为中心，并非对于本文的逐字逐句的解说，本文中仍有些地方晦涩难解。译者的注带有疏解性质，也提到新护的注。外国古书和我们相距太远，单看本文不易了解，特别是译文中无法明白表现的双关语、术语及外国古人当时的习惯和用意。为了帮助读者了解，注中说得啰唆一些，有些说法也不一定对。其他几篇的注也是这样。

四　《诗光》

《诗光》作者曼摩吒大约生于十一世纪。关于他的生平只有零星传说。他的这部综合前人论诗学说并自抒己见的著作在印度从古至今享有很高的声誉，可以算是最流行的一部古典文学理论读本。为它做注释的不胜枚举；流传至今的古注有不少已经出版。自从三世纪的《诗镜》和《诗庄严论》起（这两部书以前的诗论已佚），到十四世纪的《文镜》止，七八百年间出现了很多这类的书，而以九至十一世纪为高峰。《诗光》的作者正是处于盛极将衰的时代，因此他的书可以看作是古典诗论的一个总结。这一时期中，诗的理论的繁荣证明职业诗人的众多，而这又与几个王国宫廷中的风气有关。这些理论家中有不少是与克什米尔及其宫廷有关系的。从这一背景可以了解，为什么这类书中引证的例子大多数是艳词（不仅有梵语即雅语的，而且包括所谓俗语的诗），而所引的诗的来源又多已佚失。这更可以说明，为什么在这种理论中形式主义和烦琐哲学总是占上风。约十一世纪初年，著名的婆阇王的理论把各种“味”都归之于“艳情”，更是贵族富豪趣味的突出表现。这位国王据说有八十四种著作，大概其中有不少是宫廷诗人的代笔，由此也可见这类诗人的生活背景。十一世纪以后，当时印度的西北方和北方首先在政治上，随即在文化上有了很大的变动。信奉伊斯兰教的一些外来民族侵入而且统治了许多地方。这正是政治腐败所招致的一个结果。随着政治、经济、社会各方面的变化，这些古代作家和他们的文学作品及理论自然也就由腐朽而趋于消沉了。如果说《诗镜》是这种诗论的开端，则《诗光》正是其终结。《文镜》不过是把这个总结扩大范围（包括了戏剧理论），重复做了一次。

《诗光》以一百四十二节诗体歌诀作为纲领（共二百一十二条），而以散文说明的形式作论，并引了六百零三首诗作为例证。体裁和《韵光》相同。全书分为十章。第一章总论诗的目的、特色及评价等级。第二章论词与义，分析了词的三种意义：字面义、内含义、暗示义。第三章论意义的暗示，列举九种暗示方式。第四章论《韵》，即论以"韵"为主的所谓上品诗，以及"韵"的分类，并论及"味"的理论。"韵"的分类由二而十八，而五十一，最后竟至一万零四百五十五种！第五章论以"韵"为次要的所谓中品诗。第六章论只重声音和意义的修辞的所谓下品诗。第七章论诗"病"，分别论词、句、意、"味"的"病"。第八章论诗"德"，它只承认三种："甜蜜""壮丽""显豁"。它和《诗镜》不同，把"德"和"修饰"严格分开了。第九章论词的"修饰"。初分为谐声、双关语、回文等六种，以下再细分类。第十章论意义的"修饰"，共六十一种，各种又细分类。

这种文学理论有很大的局限性：它的方向是错误的，它的基础是狭窄的，它的方法是烦琐的，它与梵语及其古典文学作品有密切不可分的关系，因而离开梵语便很难了解。但是在有些具体问题的讨论上，仍不是毫无值得注意之处；至于其历史意义和作为反面的镜子的作用则是很明显的。

现在译出《诗光》第一章以见其基本理论及体例。《诗光》原文版本很多。译文根据的是两种刊印本：一是南印度出版的，附有两种梵语注释（*Trivandrum Sanskrit Series*，一九二六年及一九三〇年出版两册），一是北印度麦拉特出版的，附有印地语解说（一九六〇年版）。

五　《文镜》

《文镜》是十四世纪的著作，是古代印度文学理论中后期的综合论著。梵语古典文学及其理论到此已经基本结束，后来虽有个别较有地位和影响的理论家，但没有重大的发展。文学创作也主要移入民间和地方口语。（北方的朝廷以波斯语为官话，直到英语代替了它。）政治和社会的大变化使古典文学成为古董，失去生命力，依附贵族富豪的文人到了穷途末路。《文镜》的作者毗首那他（宇主）企图总结过去的文学理论，全面论述所谓文学（sāhitya，以前只称为诗，kāvya），并且评论前人的意见，提出自己的主张。《文镜》和《诗镜》相距约七百年，一始一终，恰可作为对照，由此看出这方面理论的发展及其局限。

宇主注过《诗光》，还有一些别的著作。《文镜》的体裁是以诗体歌诀为纲而加以大量说明和讨论；措辞力求简括，以至非再注不明。这和《诗镜》的完全用诗体正好是古代印度学术著作（哲学、科学、语法等）两种体裁的标本。在印度，直到现代，《文镜》还是学习古典文学理论的流行读本。虽然就理论上的创见和影响说，它不及《韵光》；就传诵广远和受尊重说，它也不能比《诗光》；但是作为包罗宏富的课本，它兼论诗和戏剧，探讨前人所涉及的各方面问题，比较全面；它的流行是有道理的。

全书分为十章：一、论诗的特性。二、论句子。三、论"味"及"情"及男女主角。四、论"韵"。五、论"暗示"。六、论戏剧。七、论诗"病"。八、论诗"德"。九、论"风格"。十、论"修饰"。

现在译出有绪论性质的第一章以见一斑。其中有些辩论段落，同《韵光》第一章一样，是古代印度学术论著中常用的典型方式。在汉译佛典的许多"论"中都有这种文体。这种讨论式的论证方式，从公元前二世纪的语法书《大疏》（*Mahābhāṣyā*）就开始了。那里是以师生对话，经过疑问、解答、再问、再答、总结的程序进行的。后来的书就用论敌之间辩论的方式了。至于辩论方法则依据于分析和类推，常用印度逻辑学中规定的一些论证格式和术语；当然这里没有哲学著作中运用得那样充分。

原书的版本很多。译文根据的是一九四七年印度瓦拉纳西出版的附有梵文注解的本子，是《迦尸梵文丛刊》之一；译者注中所说"原注"即指此本的注释。另参照了一九五七年印度加尔各答出版的、附有不完全的梵文及英文注释的本子。两个本子的印刷都不好，而文字及解说也有些不同，但因更好的校刊本还不可得，只好以此为据。

以上先列举了一些文献，又介绍了现在摘译的五部书的情况，下面再做一点说明。

一般常说印度古典文学理论分为四派，即"庄严"或修辞一派(alaṅkāra)，"风格"或程式一派(rīti)，"味"或情调一派(rasa)，"韵"或神韵一派(dhvani)。这个分法不甚恰当，没有看到历史发展。实际上前二者是前一阶段重心，后二者是后一阶段重心。婆摩诃的《诗庄严论》、檀丁的《诗镜》，以及伐摩那的《诗庄严经》，实际还可包括较早的《舞论》中理论在内，属于前期(主要是七八世纪)。这时注重作诗法的实践，讲究形式和修辞，理论上只有模糊见解和分类。《舞论》所论"情"与"味"都是着重在演剧实践。《诗庄严经》认为"风格"是"诗的灵魂"，但分析出来的只是华丽的、柔和的与朴素的三派，仍然是形式，不过稍进一步，好像我国古时有人分别"阳刚""阴柔"两种文体那样。欢增的《韵光》才开始了后期。他认为"诗的灵魂"是"韵"，这不但与以前讲"诗的形体"不同，而且与伐摩那论"灵魂"而仍着眼于文体形式也大有不同。后期由回答"诗的灵魂"(文学的本质和特征)问题的着重点不同而分为四派：以"味"为主的一派，以"风格"为主的一派，以"韵"为主的一派，还有影响较小的以"曲语"(vakrokti)为主的一派。但无论前期或后期,重"形体"或重"灵魂",都没有深入到诗的"内容"(vastu),整个是形式主义的文学理论。所谓"形体"与"灵魂",实质上是早就有的,认为诗是词和义结合的理论中,在语言和意义两方面的有所偏重的发展。古代文人的封建社会处境决定他们只能在这里面兜圈子。他们所谓诗或文学的实例出不了封建时代文学,这是理所当然的。值得注意的倒是,在这些现在看来多半是腐朽的诗中,他们竟能认真分析并做出现在看来也不是毫无意义的探索。下面略举一例。

诗是什么?《诗镜》说,诗不过是有词和义相联结的诗句的连缀。《诗光》说,"味"是主体,但分析出来的只是诗"德"、诗"病"、诗的"修饰",由此分别出各派"风格",然后依"韵"分等级。这其实是一个综合的说法。《诗庄严经》提出了"灵魂"问题而依然归结于"风格"和"修饰"。《文镜》说,诗就是有"味"的句子。这些还不如《舞论》就戏剧实践分析各种的"情"较为具体而有意义。后期的发展中也有值得注意之处。《文镜》以"韵"解"味",而接受者的获得"味"则由于"熏习"(vāsanā 印象,译名用佛教旧译术语),亦即自己原来具有的同类的感情,所以文学能够"熏染"。(好像现在说"共鸣",却又不同。)这种说法越来越玄妙,因而走向末流。但是在分析情调、比喻、言外之意等方面,他们的千余年的努力也并非全是徒劳。至于涉及的理论问题前面已经提到了。

译文是尽量直译,原来的诗体则译成散文。不得不增加的词用六角括弧标明,译者加的解说用圆括弧标明。术语在字下面加点,表示不是一般意义,但原文中哲学、语法等的常用语而在译文中可作一般理解的词则不加点。原文中有些义同词异或词同义异的说法也都照译而另加说明。有些诗句离开原文即难理解,则照录原文而附翻译。原文只分句无标点,译文标点是照汉语习惯加的。古书原不分段,译文分段是照所据的现代刊行本。诗节后附的括弧中数字是原来诗节的序数。所译几部书体裁不同,故用的字体有异。《舞论》和《诗镜》是一类，本身是完整的诗体论文，引诗即在内，所以全文用一种字体。另三部书是另一类，本文歌诀用仿宋体，说明用一般字体，引证的诗用小一号字体。《诗镜》的颂诗属于本文，而《韵光》的颂诗不是本文，又非引诗，就不算诗节序数，用了与说明相同的字体。印度字母不分大写、小写，现用拉丁字母拼写原文，人名和书名的第一字母用了大写。以上这些都是刊印印度古书的常用体例，今仿用。原书是比较难读的理论专著，为帮助读者理解，译者加了一些注释。至于译者对印度古书研究不够，理解有误，传译和注释不当，以及论点和说法错误，都是难免的。这只能算是从无到有的"问路石"。译文和注是一九六五年写的，《舞论》《诗镜》《文镜》曾在《古典文艺理论译丛》第十期发表。

本书所摘译的是文学方面，艺术理论未能涉及。这里只附带提一下绘画理论方面的一个问题。

印度传统的所谓"艺论"的一节诗，列举绘画的"六支"(ṣaḍaṅga)，即六成分，六项基本原则。公元后几世纪间的著作《欲经》(或《欲论》)的十三世纪的注中，在解说第一章第三节第十六段经说"六十四艺"的下面，引了这节讲绘画的诗。这在印度绘画传统中被认为金科玉律。恰好我国南齐(五世纪)的谢赫也有"绘画六法"之说，因此有人竟断为中国的"晚"于印度，应是由印度传来(见英人勃朗的《印度绘画》〔Percy Brown：*Indian Painting*〕，一九三二年第四版，第二十三页)。因为他未检原书，所以把十三世纪的注当作五世纪以前的本文了。

现在把中印两方的原文引在下面。

《欲经》注里引的诗译出来是：

形别与诸量，
情与美相应，

似与笔墨分，
是谓艺六支。

说的是：一、“形别”(rūpabhedāḥ)，即各种不同形象的差别。二、“量”(pramāṇāni)，指大小远近等各种比例。这两个词都是用的复数。(“形”照佛经旧译术语是“色”。“量”也是逻辑认识论术语，旧译同。)三、“情”(bhāva)，与《舞论》中用的术语“情”是一个词，大概指的也是一类，即心情、情调等。四、“美相应”(lāvaṇyayojana)。“相应”用同源词“瑜伽”的旧译，意为联系、结合；“美相应”即加上“美”，具有“美”。这个“美”有文雅、优美之意；其词来源于“盐”(参看第61页注④)，可以解为“有味”。原诗中“情与美相应”合为一个复合词 bhāvalāvaṇyayojanam。五、“似”(sādṛśya)，即相似。六、“笔墨分”(varṇikābhaṅga)，即用笔设色。“笔墨”在梵文用的是一个词 varṇikā，既是色彩，又是画笔。“分”本意是破，触，分开。对于这首传统歌诀后来有各种解说。这里只就本词说明，不涉及其美术的或宗教及哲学的解释。不过，有的书将“情与美相应”一个复合词作为一“支”，将“笔墨”与“分”不作为复合词而分为两“支”，这样，“分”或“破”就难解说。(见《迦尸梵文丛刊》本一九二九年版，第三十页，史密特〔Richard Schmidt〕德文译本一九二二年第七版，第四十五页。)我在这里的解词大体依照现代印度孟加拉画派的领袖人物，阿巴宁德罗那特·泰戈尔(Abanindranath Tagore，1871—1951)的解说。(见《国际大学季刊》一九四二年《阿·泰戈尔专号》所载阿·泰戈尔一九一五年发表的文章。)

谢赫在《古画品录》的序中说到“六法”：

虽画有六法，罕能尽该；而自古及今，各善一节。六法者何？一、气韵生动是也。二、骨法用笔是也。三、应物象形是也。四、随类赋彩是也。五、经营位置是也。六、传移模写是也。

唐朝的张彦远在《历代名画记》中《论画六法》一节开头说："昔谢赫云：画有六法。一曰气韵生动，二曰骨法用笔，三曰应物象形，四曰随类赋彩，五曰经营位置，六曰传模移写。自古画人罕能兼之。"（以下张彦远加以发挥的话略去。二书皆据明汲古阁刊本，第六法用词微异。）

这"六支"与"六法"有什么相联系之处？这里不过是提供一点原始资料。

金克木

一九七八年冬

舞　论

婆罗多牟尼　著

第一章

我创造了“那吒吠陀”（戏剧学），可决定你们（天神的敌人）和天神的幸与不幸，考虑到〔你们和天神的〕行为和思想感情。[1]（106）

在这里，不是只有你们的或者天神们的一方面的情况。戏剧是三界[2]的全部情况的表现。（107）

〔戏中出现的〕有时是正法，有时是游戏，有时是财利，有时是和平，有时是欢笑，有时是战争，有时是爱欲，有时是杀戮。[3]（108）

〔戏剧〕对于履行正法的人〔教导〕正法，对于寻求爱欲的人〔满足〕爱欲，对于品行恶劣的人〔施行〕惩戒，对于醉狂的人[4]〔教

---

① 以上1到105节诗略去。上文说婆罗多牟尼和他的一百个儿子演出了第一个戏剧，表现天神战胜其敌人，于是天神的敌人大怒，使人扰乱；因此创造之神大梵天教天神修筑剧场，由许多天神分别保护其中各部分；随后大梵天又对天神的敌人们说明戏剧的意义与作用，即此处所译。诗节序数从孟买刊本，英译稍异。

② “三界”指天上、人间、地下。

③ “法、利、欲”并称人生三大目的，往往加“解脱”为四。

④ “醉狂的人”有异文作“品行优良的人”（或“有教养的”与上文“品行恶劣的”即“无教养的”相对），英译从之。

导〕自制,(109)

对于怯懦的人〔赋予〕勇气,对于英勇的人〔赋予〕刚毅,对于不慧的人〔赋予〕聪慧,对于饱学的人〔赋予〕学力,(110)

对于有财有势的人〔供给〕娱乐,对于受苦受难的人〔赋予〕坚定,对于以财为生的人〔供给〕财利,对于心慌意乱的人〔赋予〕决心。(111)

我所创造的戏剧具有各种各样的感情,以各种各样的情况为内容,模仿人间的生活,(112)

依据上、中、下〔三等〕人的行动,赋予有益的教训,产生坚决、游戏(娱乐)、幸福等等。(113)

{这戏剧将在各种味、各种情、一切行为和行动〔的表现〕中产生有益的教训。}①

我所创造的戏剧对于遭受痛苦的人,苦于劳累的人,苦于忧伤的人,〔各种〕受苦的人,及时给予安宁。(114)

这戏剧将〔导向〕正法,〔导向〕荣誉,〔导致〕长寿,有益〔于人〕,增长智慧,教训世人。(115)

没有〔任何〕传闻,没有〔任何〕工巧,没有〔任何〕学问,没有〔任何〕艺术,没有〔任何〕方略,没有〔任何〕行为,不见于戏剧之中。② (116)

{在这戏剧中,集合了一切学科〔理论〕,〔一切〕工巧,各种行为。因此我创造了它。}③

因此,你们(天神的敌人)不要对天神们生气。{这戏剧将模

① {}括弧中是孟买刊本列入本文而加括弧的诗句。原注称,只个别本子才有这些诗句。下同。英译将此节列为正文。

② "传闻"英译为"格言",一般指传统相承的话或学问。"方略"照英译,照词义也可译为"职业"。

③ "学科"指各门学问。此节英译列为正文。

仿七大洲。①｝我所创造的这戏剧就是模仿。(117)

应当知道，戏剧就是显现天神们的，阿修罗（天神的敌人）们的，王者们的，居家人们的，梵仙们的事情。(118)

这种有乐有苦的人间的本性，有了形体等②表演，就称为戏剧。(119)

戏剧将编排吠陀经典和历史传说的故事③，在世间产生娱乐。(120)④

第六章

戏剧中的味相传有八种：艳情、滑稽、悲悯、暴戾、英勇、恐怖、厌恶、奇异。(16)⑤

现在我先来解说味。没有任何〔词的〕意义能脱离味而进行。

味产生于别情、随情和不定的〔情〕的结合。⑥

有什么例证？这儿，〔据〕说，正如味产生于一些不同的佐料、蔬菜〔和其他〕物品的结合，正如由于糖、〔其他〕物品、佐料、蔬菜而出现六味⑦，同样，有一些不同的情相伴随的常情（固定的情或

---

① “七大洲”是古代印度所想象的世界，印度居于其中之一，即“赡部洲”。此句英译列入正文。

② “等”指语言、服装、内心表演等。

③ “吠陀”是印度最古的经典。“历史传说”一般指史诗和“往世书”。

④ 此节诗英译置于前两节之前。第一章以下还有121到128节诗说明演剧以前必须在剧场中祭神。今略去。

⑤ 上文1到15节解释了几个术语，下文17到32节解释并列举“常情”等等，今并略去。八“味”后增为九，但后来又有人只承认其中三种。以下原文即诗与散文相参。不注诗节数的在原文中都是散文。“味”（rasa）英译本译作sentiment。

⑥ 这一条因为没有解说“产生”和“结合”，又未提到“常情（固定的情）”，引起后人许多不同解释。几个术语的意义见下文。

⑦ 例中之“味”是一般的味。“六味”是辛、酸、甜、咸、苦、涩。

稳定的情）就达到了（具备了）味的境地（性质）。这儿，〔有人问，〕说：所谓味〔有〕什么词义？〔答复〕说：由于〔具有〕可被尝〔味〕的性质。〔问：〕味如何被尝？〔答复说：〕正如有正常心情的人们吃着由一些不同佐料所烹调的食物，就尝到一些味，而且获得快乐等等，同样，有正常心情的观众尝到为一些不同的情的表演所显现的，具备语言、形体和内心〔的表演〕的常情，就获得了快乐等等，〔这在下文引的以〕"戏剧的味"〔为结语的诗句中〕解说了。这儿有〔两节〕传统的诗：

"正如善于品尝食物的人们吃着有许多物品和许多佐料在一起的食物，尝到〔味〕一样，(33)

"智者心中尝到与情的表演相联系的常情〔的味〕。因此，〔这些常情〕相传是戏剧的味。"(34)

这儿，〔有人问，〕说：是情出于味呢，还是味出于情？〔答复〕说：有些人的意见是，它们的出生是由于彼此互相联系。这〔话〕不对。为什么？因为只见味出于情而不见情出于味。① 这儿有一些诗〔为证〕：

"因为〔情〕使这些与种种表演相联系的味出现，所以戏剧家认〔之〕为情。"②(35)

"正如烹调的食物随许多种类的不同的〔辅佐烹调的〕物品而出现，同样，情与一些表演一起使味出现。"③(36)

"没有味缺乏情，也没有情脱离味，二者在表演中互相成

---

① 这段话与下文引诗有些不合。英译者以为原文有错简，照诗意应当"味出于情而非情出于味"是"有些人的意见"，而反驳的话才是只见其出于二者互相联系。但他也说现在这样的本文由来已久，因为早已有人驳婆罗多的采"味出于情"说。译者按：大概散文部分是一说，引诗乃传统的不同说法。

② 这是从词源编出的：bhāva 的词根是 bhū，本有形成、出现、存在之义；现在说，由于使味出现（bhāvayanti：使出现，使存在）故名"使出现" = bhāva（情）。解说见下文第七章。

③ 仍利用了词源解释，同上节。

就。”(37)

“正如佐料和蔬菜相结合使食物有了滋味，同样，情和味互相导致存在。”①(38)

“正如树出于种子，花果出于树，同样，味是根，一切情由它们而建立。”(39)

现在我们来解说这些味的来源、颜色、〔主宰的〕神和例证。这〔八种〕味的来源是四种味，即，艳情、暴戾、英勇、厌恶。②

这儿，

滑稽出于艳情，悲悯之味由暴戾生，奇异出生于英勇，恐怖来自厌恶。(40)

模仿艳情便叫作滑稽，暴戾的行为〔结果〕就是悲悯之味，(41)

英勇的行为称为奇异，显出〔可〕厌恶的地方则是恐怖。(42)

以下是颜色：

艳情是绿色，滑稽是白色，悲悯是灰色，暴戾是红色，(43)

英勇是橙色，恐怖是黑色，厌恶是蓝色，奇异是黄色。(44)

以下是主宰天神：

艳情之神毗湿奴，滑稽之神波罗摩他，暴戾之神楼陀罗，悲悯之神是阎摩，(45)

厌恶之神摩诃迦罗(湿婆)，恐怖之神是迦罗(阎摩)，英勇之神因陀罗，奇异之神大梵天。③ (46)

这样解说了这些味的来源、颜色、天神。现在解说与别情、随

① “导致存在”即“使出现”(bhāvayanti)，即“影响”，见下文第七章。

② 这节原文是散文。

③ 毗湿奴或译遍入天，摩诃迦罗即湿婆，即大自在天，他们与大梵天是印度教的三大神，被认为分掌保全、毁灭与创造。楼陀罗原是吠陀神话中的神，后被认为与湿婆一体。迦罗指阎摩，即死神。因陀罗是吠陀神话中天神的首长。波罗摩他通常指隶属于湿婆的一些小神。

情、不定的情相联系的特征和例证，并列举味的常情（固定的情）。①

这儿（八种味之中），艳情由常情（固定的情）欢乐而生，以光彩的服装为其灵魂。正如世间凡是清白的，纯洁的，光彩的或美丽的都以“艳”表示。〔所以〕穿了光彩的衣服的人就被称为“艳〔丽的〕人”。又如人的名字产生于种姓、家族、行为而为传统教导所确定，同样，这些味和情以及戏剧中的事物的名称也由行为而产生并为传统教导所确定。这样，由于以可爱的光彩的服装为灵魂，经行为确定〔称为〕艳情味。它以男女为因，以最好的青年〔时期〕为本。它有两个基础：欢爱和相思。这儿（两者之中），欢乐产生于季节、花环、香膏、妆饰、所爱的人、〔享乐的〕对象、优美住宅的享受，到花园去行乐，听到和看见〔情人〕，〔与情人一同〕游戏、娱乐等等别情。〔在戏剧中〕它应当用眼的灵活、眉的挑动、媚眼、行动、戏弄、甜蜜的姿态、语言等等随情表演。〔其中的〕不定的情不包括恐怖、懒散、凶猛、厌恶。至于相思则应当用忧郁②、困乏、疑惧、嫉妒、疲劳、忧虑、焦灼、睡意、睡、梦、嗔怪③、疾病、疯狂、癫痫、痴呆、死亡等等随情表演。

这儿④，〔有人问，〕说：如果艳情产生于欢乐，为何它会有属于悲悯的情？这儿〔答复〕说：前面已经说过，艳情是由欢爱和相思〔两者〕构成的。《妓女经》⑤作者曾说过十种〔相思〕情况，这些我们将在〔第二十四章〕《论一般表演》中说到。悲悯起于受诅咒的

---

① 此节及下两节原文是散文。“相联系的”英译作“它们的联系”。

② “忧郁”英译作“冷淡”。

③ “嗔怪”英译作“醒”。原文词形近似，意为“佯对情人不理”或“冷漠”，注云有异文为“醒”。

④ 原文此处接上节而在下面分为另一节，今依英译从此处分节而与原文下一节连接，较合内容。下文尚有同样情形，不一一注明。

⑤ 《妓女经》不传，可能即《欲经》(《欲论》)或其同类之书。《欲经》是大约三世纪以后的著作，作者为伐蹉衍那。书今尚存。

困苦、灾难、与所爱的人分离、丧失财富、杀戮、监禁,有绝对性质①。相思则起于焦灼与忧虑,有相对性质。所以悲悯是一回事而相思是另一回事。这样,绝情就与一切〔其他味中的〕情相联系。还有:

“富有幸福,与所爱相依,享受季节与花环,与男女有关②,〔此〕名为艳情。”(47)

还有同此处的经文相连的〔两节〕阿梨耶体的诗:

“季节、花环、妆饰,〔以及对于〕情人、音乐、诗歌的享受,到花园去游玩,〔随着这些,〕艳情的味就产生了。”(48)

“它(艳情)应当用的表演是:眼神与面容的宁静,还有欢笑、甜言蜜语、满意、快乐,以及甜蜜的形体动作。”③(49)

以上是艳情味一节。④

滑稽以常情(固定的情)笑为灵魂。它产生于不正常的衣服和妆饰、莽撞、贪婪、欺骗⑤、不正确的谈话、显示身体缺陷、指说错误等等别情。它应当用唇鼻颊的抖颤、眼睛睁大或挤小、流汗、脸色、掐腰等等随情表演。〔它的〕不定的情是:伪装、懒惰、散漫、贪睡、梦、失眠、嫉妒等等。这〔味〕有两种:处于自己的,处于他人的。当〔角色〕自己笑时,那就是处于自己的〔味〕;而当〔角色〕使他人笑时,那就是处于他人的〔味〕。这儿有〔两节〕⑥传统的阿梨

---

① “有绝对性质”及下文“有相对性质”,英译作“绝望的情形”及“保持乐观的情形”。又,“灾难”,英译无。参看下文释“悲悯”节。

② 照原文是“与女子在一起的男子”,英译作“与男女〔的结合〕有关”,当是原文二词合为一词,义较胜。

③ 这三节诗是总结上文的歌诀。这大概是传统歌诀,引来作结,而上文是其说明。以后各节皆有此情形,是古书体例之一。

④ 这是原文编者加的标题,依传统习惯附在末尾。英译则照现代习惯置于前面。下同。

⑤ 英译作“争吵”。原文注云有异文作“争吵”。

⑥ 原文用了双数,只指首二节。第3节不是阿梨耶体且内容属于本文,故这以下不加引号。

耶体的诗：

“由于颠倒的妆饰，不正常的行为、谈话和服装，不正常的形体动作而发笑：相传这味就是滑稽。”（50）

“因为以不正常的行为、言语、形体动作以及不正常的服装使人发笑，所以这味被认为滑稽。”（51）

在妇女和下等人之中，这味出现得最多。它共有六种，我再〔在下面列举，〕说：（52）

微笑、喜笑、欢笑、冷笑、大笑、狂笑。上等、中等、下等人各有二种。（53）

这儿，

微笑、喜笑属于上等人，欢笑、冷笑属于中等人，大笑、狂笑属于下等人。（54）

这儿是〔一些〕诗：

上等人的微笑应当是端庄的〔笑〕，两颊微微开展，带有优美的眼角〔传情〕，不露牙齿。（55）

颜面和眼睛都开放，两颊也开展，稍微露出牙齿，这就成为喜笑。（56）

{以下是中等人的：}

紧缩眼睛和两颊，带有声音，甜蜜，合乎时机，有〔欢乐的〕脸色，这便是欢笑。（57）

鼻孔开放，眼睛斜视，两肩与头部紧缩（低垂），这便是冷笑。（58）

{以下是下等人的：}

笑得不合时机，而且眼中含泪，两肩和头部抖动起来，这便是大笑。（59）

眼睛激动又含泪，高声叫喊，两手掩着腰，这便是狂笑。（60）

在戏剧中，随事件而出现的滑稽的情景，应当这样结合上中下〔三等人表演〕。（61）

以上就是滑稽的味，有起于自己和起于他人两种，分属于三等人，处于三种地位（身份）。（62）

以上是滑稽味一节。

悲悯起于常情（固定的情）悲。它产生于受诅咒的困苦、灾难①、与所爱的人分离、丧失财富、杀戮、监禁、逃亡、危险、不幸的遭遇等等别情。它应当用流泪、哭泣、口干、变色、四肢无力、叹息、健忘等等随情表演。〔它的〕不定的情是：忧郁、困乏、忧虑、焦灼、激动、幻觉、昏倒、疲劳、惶恐②、悲伤、哀愁、疾病、痴呆、疯狂、癫痫、恐怖、懒散、死亡、瘫痪、颤抖、变色、流泪、失声等等。这儿有〔两节〕阿梨耶体的诗：

"或由于见到所爱的人的被杀（死），或由于听到刺耳的言语，有着这些特别的情，就出现了悲悯的味。"（63）

"悲悯味应当用号啕大哭、昏倒在地、痛哭和啜泣、折磨〔自己的〕身体来表演。"（64）

以上是悲悯味一节。

暴戾以常情（固定的情）愤怒为灵魂，以罗刹、陀那婆③、骄傲的人为本，以战争为因。它产生于愤怒、抢劫、责骂、侮辱、诬蔑、攻击〔人〕的言语、残暴、迫害④、猜忌等等别情。它的行动是敲打、劈破、捶打、割裂、攻打、揪打⑤、投射武器、互殴、流血等等。它应当用红眼、流汗⑥、皱眉、挑衅的态度、牙咬嘴唇（咬牙切齿）、颊肉抖颤、摩拳擦掌等等随情表演。它的〔不定的〕情⑦是：镇静、勇敢、激

---

① "灾难"，英译无。

② "疲劳、惶恐"，英译无。

③ 罗刹与陀那婆指妖精、魔怪。

④ "攻击的言语""残暴""迫害"，英译作"驱邪""恐吓""仇恨"。

⑤ "攻打""揪打"，英译作"刺穿""拿起武器"。

⑥ "流汗"，英译无。

⑦ 原文只有"情"一字，注云有异文作"不定的情"。英译作"不定的情"。

动、愤慨、鲁莽、凶猛、傲慢、眼神不正①、流汗、颤抖、汗毛竖起等等。

这儿，〔有人问，〕说：既然是暴戾的味属于罗刹、陀那婆等，是否不属于其他？〔答复〕说：暴戾的味也属于其他，但是在这儿（罗刹等一方面）算是〔他们的〕专职。因为他们本性就是暴戾的。为什么？②〔因为他们有〕许多手臂、许多嘴，直竖起来的纷乱的棕红色头发，血红的突出的眼睛③，而且〔肤〕色是可怕的黑色。不论他们要进行什么行动、言语、形体动作等，他们的一切都是暴戾的。连艳情（爱情）在他们也是多半用暴力的。可以想见，那些模仿他们的人也是由战争和互殴而有暴戾的味的。这儿有〔两节〕阿梨耶体的诗：

"由于在战争中攻打、杀戮、残害肢体、刺穿，以及战争的混乱，就产生了暴戾。"（65）

"投射各种武器，砍去头颅、躯体、手臂，这些特殊的事情，便是〔暴戾所〕应当用的表演。"（66）

〔由〕以上可见暴戾味是暴戾的语言和形体动作，充满了武器的攻击，以凶猛的行动和行为为其灵魂。（67）

以上是暴戾味一节。

英勇以上等〔人〕为本，以勇为灵魂。它产生于镇静、坚决、谋略、训练、军力、骁勇、毅力④、威名、威风等等别情。它应当用坚定、坚忍、刚强、牺牲⑤、精明等等随情表演。它的〔不定的〕情⑥是：刚毅、智慧、傲慢、激动、凶猛、愤慨、回忆、汗毛竖起等等。⑦ 这

① "傲慢""眼神不正"，英译无。

② 此语英译无。原文注云有一写本无。

③ 此语英译无。

④ "毅力"，英译无，似与"骁勇"合而为一。

⑤ "牺牲"本义是"放弃"，英译是"慈善"，是作"施舍"解，未必适当。

⑥ 原文只是"情"，英译作"不定的情"。

⑦ 英译多"精力"，共九。

儿有〔两节〕传统的阿梨耶体的诗：

“由于勇敢、坚决、不悲观、不惊异、不慌乱①以及种种特殊的情况，就出现了英勇的味。”(68)

“英勇的味应当正确地用坚定、坚忍、英勇、傲慢、勇敢、骁勇、威风、斥责的言语来表演。”(69)

以上是英勇味一节。

恐怖以常情(固定的情)恐惧为灵魂。它产生于不正常的声音，见妖鬼、见枭与豺而恐惧惊慌，进入空虚的住宅或森林，看见或听见或谈到亲人的被杀或被囚等等别情。它应当用手足颤抖、眼神不定②、汗毛竖起、变脸色、失声等等随情表演。它的〔不定的〕情③是：瘫痪、流汗、口吃、颤抖、失声、变色、疑惧、昏倒、沮丧、激动、不安、痴呆、恐慌、癫痫、死亡等等。这儿有阿梨耶体诗〔为证〕：

“恐怖的形成由于不正常的声音、见妖鬼、战争、进入森林或空虚的住宅、得罪长辈或王爷。”(70)

“恐惧〔的情形是〕四肢和嘴和眼神陷于呆钝、两腿僵化、东张西望、惊慌失措、口干舌燥、心跳不止、汗毛竖起。”(71)

“这是自然的〔恐怖〕，虚构的假扮的〔恐怖〕也应照这样〔表演〕，但是〔其中的〕这些情应当是较为温和。”(72)

“恐怖应当经常用手足颤抖、瘫痪、四肢紧缩、心跳、唇颚喉干燥来表演。”(73)

以上是恐怖味一节。

厌恶以常情(固定的情)厌为其灵魂。它产生于听到或看见或谈到令人恶心的、恶劣的、使人不愉快的、不堪入目的〔事物〕等等别情。它应当用全身紧缩、嘴闭拢、作呕、呕吐、难受等等随情表

---

① 原文缺“不”，今从注中异文及英译(“镇静”)。

② 英译无。

③ 原文只是“情”，英译作“不定的情”。

演。它的〔不定的〕情①是：癫痫、难受、激动、昏倒、痴病、死亡等等。这儿有〔两节〕阿梨耶体的诗：

"由于看见可厌恶的〔事物〕以及气味、味道、接触、声音的恶劣②〔而有了〕许多难受〔的感受〕，便出现了厌恶的味。"(74)

"厌恶应当正确地用口眼闭拢、掩鼻、脸朝下、轻轻移步来表演。"(75)

以上是厌恶味一节。

奇异以常情(固定的情)惊诧为灵魂。它产生于看见神仙，满足心愿，进入花园③或神庙等，〔进入〕大会(朝廷)、大厦，〔看到〕幻境、幻术等等别情。它应当用睁大眼睛、目不转瞬、汗毛竖起、〔喜极〕流泪、出汗、欢喜、叫好、布施、不断做"哈！哈！"声、挥舞手臂、点头、用衣襟招展④、手指〔在空中〕划动等等随情表演。它的〔不定的〕情⑤是：瘫痪、流泪、出汗、口吃、汗毛竖起、激动、慌乱、喜悦、不安、疯狂、坚定⑥、痴呆、死去等等。这儿有传统的〔两节〕阿梨耶体的诗：

"凡是极端卓越的言语、工巧⑦、行为、形象，就都是奇异味中的别情。"⑧(76)

"它的表演是：接触到〔好东西〕、摇动四肢、发出哈哈声、叫好、颤抖、口吃、出汗等等。"⑨(77)

---

① 原文只是"情"，英译作"不定的情"。

② 此指眼、鼻、舌、身、耳五种感觉器官的对象与心意相违。

③ "花园"，英译无，且列举各项次序不同。

④ 英译无臂与头的动作。"头"原文作"脸"，印度人习惯将下颔向一方摆动(类似摇头而非)表示赞许。印度人的衣裳是一整块布，所以只是摇动衣角。原文这些都只用"挥舞"一词表示动词，今分别译并略迁就我国习惯说法。

⑤ 原文只是"情"，英译作"不定的情"。原文此处又分段，今从英译不分段。

⑥ "喜悦"至"坚定"四项，英译无。

⑦ "工巧"英译作"性格"，原文注中有此异文。

⑧ 此节英译较简，只说此味起于言语、性格、行为、美貌。

⑨ "接触"，英译作"嗅到香气"。

以上是奇异味一节。

艳情有三类：言语的、服装的、行动的。滑稽与暴戾也各有三类：形体的、服装的、言语的。(78)

悲悯有三类：由于正法受阻碍的、由于失去财利的、由于悲伤的。(79)

大梵天宣称英勇味有三类：勇于布施的、勇于〔履行〕正法的、勇于作战的。[1] (80)

恐怖有三类：出于伪装的、出于犯罪的、出于受到恐吓的。(81)

厌恶有〔感觉〕恶心的、单纯的、〔感到〕刺激的三类[2]。由粪便、蛆虫引起的是〔感觉〕恶心的，由血等引起的是〔感到〕刺激的。[3] (82)

奇异有两类：神奇的和产生于欢喜的。由见到神奇〔事物、神仙〕而起的是神奇的，由喜悦〔而生〕的是产生于欢喜的。[4] (83)

这样，八种味的特征已经指明了。以下我将说明情的特征。(84)

以上婆罗多著《舞论》(戏剧学)第六章《论味》。

第 七 章

现在我们解说情[5]。〔有人问，〕说：为什么〔叫作〕bhāva

---

① 英译无“大梵天宣称”。“英勇”词与“英雄”同。

② “三类”原文作“第二”，今从注中异文作“第三”，依英译译为“三类”。从下文看，所谓“第二”是把“单纯的”算作第三类。

③ 原文后半将“恶心”与“刺激”与前面顺序颠倒，今从英译，似较妥。

④ 原文在此下尚加一节说明第九种味“平静”。注云，所校四本中只一本有。英译不取，注云，所加“平静”一节系伪作。按：书中明说只八味。后人列举九味，故在此强加一节。此显非原来所有，故不译。

⑤ “情”，英译本为 state。汉译“情”可兼表示情况与情感。

(情)？是〔因为它们〕bhavanti(存在、形成)〔才叫作〕bhāva 呢，还是〔因为它们〕bhāvayanti(使存在或形成，产生，展现，遍布，浸透，感染，影响，注入)〔才叫作〕bhāva 呢？〔答复〕说：〔因为它们〕把具有语言、形体和内心〔的表演〕的诗的意义 bhāvayanti(影响，感染，注入)〔读者和观众、听众〕，〔所以叫作〕bhāva。词根是 bhū，〔其意义是〕工具(造作)。① 如 bhāvita(被布满的，受影响的)与 vāsita(受熏染的)、kṛta(被做成的)意义没有不同。世间也通行说："啊！一切都被这香气或味(水)所 bhāvita(布满，熏，染，浸)了。"这又是"遍布"的意义。这儿有诗〔为证〕：

"〔因为诗的〕意义由 vibhāva(别情)而取得，由 anubhāva(随情)及语言和形体和内心的表演②而被送达，〔所以〕名为 bhāva(情)。"(1)

"以语言、形体、面色以及内心的表演，把诗人的心中的 bhāva(情)去 bhāvayan(影响，感染)〔对方〕，〔所以〕叫作 bhāva(情)。"(2)

"因为把这些与种种表演相联系的味 bhāvayanti(感染)〔观众、听众〕，所以这些被戏剧家认为 bhāva(情)。"(3)

〔问：〕为什么(叫作)vibhāva(别情③)？〔答复〕说：vibhāva(别情)的意义就是〔明确的〕vijñāna(知识)。vibhāva(别情)与 kāraṇa(原因)、nimitta(原因)、hetu(原因)是同义词。以语言、形体和内心的表演而 vibhāvyante(被表明)，〔所以叫作〕vibhāva(别情)。正如 vibhāvita(被表明)和 vijñāta(被明白，知晓)意义没有不同。

这儿有诗〔为证〕：

---

① 此句英译不同，作"bhāva 者，原因或工具也"。此异文亦见原文注中。

② "语言……表演"，英译无。

③ "别情"，英译本译为 determinant。

"因为很多意义(事物)①借助于语言和形体的表演由这〔别情而〕被〔分别〕vibhāvyante(表明),因此这叫作 vibhāva(别情)。"(4)

〔问:〕为什么〔叫作〕anubhāva(随情)②?〔答复〕说:语言、形体和内心的表演由这个而 anubhāvyate(被使人感受)〔所以这叫作 anubhāva(随情)〕。这儿有诗〔为证〕:

"这儿因为意义(事物)③由语言和形体的表演而被使〔人〕感受到,〔这意义又〕与大肢体及小肢体④〔的动作〕相联系,因此相传为 anubhāva(随情)。"(5)

这样,〔我们〕已经解说了,情是与别情、随情相联系的。由此,这些情〔已经过论证〕成立了。以下我们要解说这些与别情、随情相联系的情的特征和例证。其中,别情、随情是世人周知的。由于〔它们〕依从世人的本性,〔所以〕这二者的特征就不说了,为的是免除冗长。这儿有诗〔为证〕:

"表演中的随情和别情,智者认为是由世人的本性建立的,是依从世间交往(生活)的。"(6)

常情(固定的情)有八。不定的情有三十三。内心表演的情有八。〔情〕共有三类。这样,我们就可以知道,表达诗的味的因共计四十九。当它们结合了共同性的品质(德)时,味就出现了。这儿有诗〔为证〕:

"符合心意的事物,它的情由味而生(或:产生味)⑤,遍布全身,如火遍布干柴。"(7)

---

①③ "意义"英译本作"事物",因原文 artha 一词本有两义。在本章第 1 节诗中英译作"意义"。

② "随情",英译本译为 consequent。

④ "大肢体"指手臂等,"小肢体"指口眼等。

⑤ 英译作"是味的来源"。"事物"与"意义"是同一词。参看本页注①。此处英译作"事物"。

这儿,〔有人问,〕说:如果依据诗的意义的①,由别情、随情表现出来的,四十九种情,与共同性的品质(德)相结合,〔由此〕出现了〔八〕味;那么,怎么只有常情(固定的情)才得到味的性质?〔答复〕说:正如有同样特征的,有相同的手、足、腹、身的,有相同的肢体的②人,由于家族、品性、学问、行动、工巧、聪慧〔的优越〕,得到了王者的地位,而另一些智慧少的〔人〕成为他们的侍从;同样,别情、随情、不定的情依靠常情(固定的情)。由于有很多依靠〔它们的〕,常情(固定的情)就成为主人。同样,另一些成为地方官的情(别情与随情)由于有〔优越〕品质,不定的情就依附于它们,成为随从。这儿〔有人问,〕说:有什么例证?〔答复是:〕正如王者有很多臣仆围绕,才得到王者之名,而不是其他的人,尽管他很伟大;同样,常情(固定的情)有别情、随情、不定的情围绕,得到味之名。

这儿有诗〔为证〕:

"正如人类中王者〔为大〕,正如门徒中师傅〔为大〕,这样,在一切情中常情为大。"③(8)

---

① 英译作"互相接触的"。原文注云,有异文作"相互依据意义的"。

② 英译无"身"及有"相同的肢体的"。

③ 本章中,此下逐一解说八种"常情",三十三种"不定的情"(直译行走的情)、八种"内心表演的情"(指表现内心感情的外部现象,如出汗、变色、颤抖、昏倒等),最后说明四十九种情如何配合八种味。今略。

诗　镜

檀丁　著

第　一　章

愿四面天神的颜面莲花丛中的天鹅女，极纯洁的辩才天女，在我的心湖中永远娱乐吧！① (1)

综合了前人的论著，考察了实际的运用，我们尽自己的能力，撰述了〔这部论〕诗的特征〔的书〕。② (2)

借助于学者和他们的门徒以及其余的人的语言，人们的交往在这世上才以各种形式进行下去。③ (3)

---

① 这是照例的篇首颂词，其中用了双关比喻，现两义并译。“四面天神”是大梵天，创造之神，有四个头，面向四方。他的坐骑是天鹅。天鹅据说有分辨乳和水的能力，常比喻有才学见识的人。“辩才天女”是主宰文艺的女神，能言善辩而且饱学，又是语言或语言之神的别名。她是大梵天的女儿，一说是妻子。天鹅喜欢在莲花丛中游戏。“颜面莲花”或“莲花面”即“面如莲花”或“以面为莲，面即莲花”。“心湖”即心，又是仙山上的湖名。“纯洁”形容女神；形容天鹅，则应译作“洁白”。这节诗有另一解：“愿我的辩才天女（语言）在学生的（读者的）心中永远娱乐吧。”“娱乐”或“游戏”即“愉快地生活”或“享受乐趣”。本书原文是诗体。“永远”藏本作“长久”。

② “诗”是广义，即文学。“考察了”藏本词异，义同。

③ “学者”指为语言制定规范的一些文法学家。原注者认为语言有三种：梵语、俗语（经文法家规范化了的各种地方性语言）、方言（未经文法家承认的地方口语）。因此，“其余的人”即指学者与其门徒以外的不学的人，他们只能用方言土语。但照字面也可解作两种人：从学者学习过的人，学者们自己（或者“其余的人”）。原注的解释是：“从学者学习过的以及其余的人。”这样与“以及”的语气符合。“学者”和“余人”词同，义异。诗人常用这样的手法以求谐音与风趣。

假如名叫词的光不从世界开始时就照耀〔世界〕,这全部三界就会成为盲目的黑暗了。[①] (4)

你自己看吧!上古帝王的荣誉的影像,获得了由语言构成的镜子,尽管他们已经不在眼前,〔这些影像〕却并不消失。(5)

智者教导说:语言使用得正确,它就是如意神牛,可是〔如果〕使用得错误,它就要表明使用者的愚蠢。[②] (6)

因此在诗中连一个小毛病也绝不可忽视。即使是美丽的身体,有了一个白瘢就会变为丑陋。(7)

不懂〔诗〕学的人怎么能分辨〔诗的〕德和病?难道一个瞎子会有资格判别颜色吗?[③] (8)

因此,圣贤为了使人们精通〔诗学〕,制定了各种不同体裁的语言〔作品〕的作法。[④] (9)

他们指示了诗的形体和修饰。所谓〔诗的〕形体就是依所愿望的意义而〔与其他相〕区别的词的连缀。[⑤] (10)

这〔诗的形体〕分别规定为三类:韵文体、散文体、混合体。韵文体由四句构成。它又有计音数的和计音量的两种〔格律〕。[⑥] (11)

---

① "词"古译"声",指词,也指语言。"三界"参看第1页注②。"世界"一词本义指不息的轮回。藏本微异,义同。

② "如意神牛"是著名的神牛,向她求什么就可以得什么。这节诗用的"语言"一词的普通意义是牛,而"愚蠢"一词的字面意义是牛性。这里照含义译。诗的字面意义是:"牛使用得好就是如意牛,使用得不好就要表明使用者的牛性。"

③ 诗"德"和诗"病"见下文。

④ "体裁"原词是"道路"。"语言"实指诗,即文学。

⑤ "修饰"照古译是"庄严",即修辞。后来把这作为论诗的作法等文学理论的学问的总称,即"庄严论"。此处"形体"的定义是指诗句的组成方式。"所愿望的"指所要表达的。藏本"修饰"是单数。

⑥ "句"是一节诗的四分之一。最古的《吠陀》诗歌有三"句"一节的,但后来的诗都是一节分为两行(以竖线画断)而读作四句。"计音数的"依长短音节计算,每"句"的音节数相同而且长短音的次序固定。"计音量的"依音量单位计算,短音算一单位,长音算两单位。每"句"的音量单位数目固定,但音节数和长短音次序都不固定。

这〔诗的格律的〕全部已经在《诗律研究》中详尽地说明了。这种学问是想渡过艰深的诗海的人的船只。①（12）

韵文体的细节，例如 muktaka（单节诗）、kulaka（五节诗）、koṣa（库藏诗）、saṃghāta（集聚诗）等等，都没有论述，因为〔这些都〕是多章诗的部分形式。②（13）

多章相连的〔诗称为〕大诗。〔下面〕说它的特征：祝愿、归敬（颂神），或则直述内容〔构成〕它的开篇；（14）

它依据传说故事或则其他真实的事件；包括四大事（法、利、欲、解脱）的果实；有聪明能干而且高尚勇敢的主角；③（15）

还描绘城市、海洋、山岭、季节、日月初升、花园中或水中的游戏、饮酒、欢爱；（16）

相思、结婚、生子、定计、遣使、征伐、交战、主角的胜利；（17）

有修饰；不简略；充满味和情；诗章不太冗长；韵律动听；连声妙（或：妙于连接）；④（18）

处处变换格律（或：章末变换格律）。〔这样的〕修饰得好的诗，能娱乐人们，将永存到劫尽。⑤（19）

一篇诗缺了上述的某些成分也不应受指责，只要它的描绘完

---

① 《诗律研究》相传为檀丁所著。原注云："想渡过"一本作"想进入"。藏本正是此异文。

② "单节诗"是一节诗自成一首，意义完足。"五节诗"是五节以上（可至十五节）构成一句。"库藏诗"是各节独立而连在一起。"集聚诗"是同一格律的许多节连在一起。"等等"大约指两节一句、三节一句、四节一句的，各有专名。"多章诗"指八章以上三十章以下的长诗，即"大诗"。"章"是 Sarga，是长诗中的章名。藏本微异，义同。

③ "四大事"参看第 1 页注③。"果实"指这四方面活动所得结果或报酬。藏本微异，义同。

④ "味"和"情"见下文。"连声"见下文第三章第 159 节注。

⑤ "劫"或"劫波"指宇宙由生到灭的一段时期，据说有四亿三千二百万年，相当于创造之神大梵天的一日。藏本微异；"格律"作"章末"。

美，足以娱悦懂诗的人。[1]（20）

首先描述了主角的品德，〔然后写〕他消灭敌人；这是天然美丽的手法。[2]（21）

即使〔先〕描绘了敌人的家世、勇力、学问等等，而由于战胜了他，就描绘了主角的优越；〔这更〕使我们喜欢。[3]（22）

不是诗句的一些词的连续是散文体。它有两种：小说、故事。两者之中，小说据说是[4]（23）

只能由主角叙述；而另一种（故事）则由主角或其他人〔叙述〕。这里，表白自己的品德不是病，〔因为主角是在〕叙述真实的事情。（24）。

但是，〔我们〕看到了〔这〕不算规定，因为那里（小说中）也有其他人作的叙述。〔而且〕"或由他人说，或由自己"，这还算什么样的分类特征呢？[5]（25）

如果认为区别小说的标志是〔有〕用 vaktra（伐刻多罗）和 aparavaktra（阿波罗伐刻多罗）格律的〔诗句〕，还有〔章回的名称是〕ucchvāsa（优契婆娑）；可是往往故事中也有[6]（26）

用 āryā（阿梨耶）〔格律的诗句〕，为什么不能同样用 vaktra（伐刻多罗）和 aparavaktra（阿波罗伐刻多罗）〔格律〕呢？〔故事里的章名〕有 lambha（朗婆）等等〔算是〕区别，〔但〕也可以用 ucchvāsa（优契婆娑）〔作章名〕；那么，为什么〔以此为区别〕呢？[7]（27）

---

① 藏本"指责"作"排除"。

② "手法"直译是"道路"。

③ 藏本"描绘"作"叙述"。

④ 藏本微异，义同。

⑤ 藏本"特征"作"原因"。

⑥ 这两种格律后来已不流行。"ucchvāsa"的意思是呼一口气。檀丁的小说《十公子传》的章名就是这样。藏本此字作 āśvāsa，则是"纳息"（吸气）。下节同。

⑦ "阿梨耶"是计音量的格律名，《舞论》第六章第 50 及 51 节诗即此体。Lambha 应作 Lamba，德本改，诗体的《故事海》中章名 Lambaka。

因此，所谓小说、故事，只是一个种类用了两个名称。其余的说故事一类的〔散文作品〕也属于这一类。① （28）

劫女、战争、相思、上升（日出、月出、主角的胜利）等等是〔散文体〕与多章诗相同的〔内容〕；〔因此〕这些都不是〔散文体的〕特殊的品德。② （29）

由诗人癖好所作的标志〔也不是故事的特点，因为这〕在别处（另一类作品中）也不算毛病。为了达到所愿望的目的，什么样的开篇有能力的〔诗人〕不能〔创作〕呢？③ （30）

〔诗文〕混合体是正剧等等。它们已在别处详细论述过了。有一种由韵文散文〔混合〕构成的〔作品〕名为占布。④ （31）

因为这种语言作品（文学）又〔可以〕是雅语（梵文）、俗语、土语和杂语。圣贤们说它有四种。⑤ （32）

大家都知道，雅语（梵文）是天神的语言，大仙人们随着述说出来。俗语的构成不止一种：从它（梵文）派生的〔词〕、与它（梵文）相同的〔词〕、〔某一〕地方的〔词〕。⑥ （33）

人们认为摩诃刺陀地方用的语言是最好的俗语；是妙语宝珠之海；《架桥记》等就是用它作的。⑦ （34）

---

① 藏本“也”作“而”。

② “上升”可兼有几个意思。“品德”指性质。藏本微异，义同。

③ 据说这是反驳与檀丁同时或稍前的文艺理论家婆摩诃的主张。“癖好”也可解为“感情”“用意”“气质”，指他在作品中（开端或章末）特用某一词等作标志。藏本稍异，义同。

④ 戏剧分为“正剧”“副剧”两大类。此处“正剧”也是戏剧的总名，又是“正剧”的第一种。“别处”大概指《舞论》等。现存的一些“占布”都是较晚期的讲究辞藻的有诗有文的小说。藏本微异，义同。

⑤ “杂语”指雅语俗语都用。藏本“圣贤”作“可信的人”，即圣贤。

⑥ 藏本微异，义同。

⑦ 摩诃刺陀在印度西南部，语言称为Mahārāṣṭrī（摩诃刺陀语）。《架桥记》是大约六世纪的一篇用俗语作的长诗，文体华丽。

Śaurasenī(梭罗塞尼)语、Gauḍī(侨利)语、Lāṭī(罗提)语以及其他同类的语言〔也称为〕俗语，在〔诗人的作品的〕对话中应用。① (35)

牧牛人等的语言，在诗中称为土语；在学术论著中，梵文以外的〔语言一概〕称为土语。② (36)

雅语(梵文)等是多章诗等〔用的语言〕；俗语是用 skandhaka (室建陀迦)等〔格律〕的〔语言〕；土语是用 āsāra(阿婆罗)等〔格律〕的〔语言〕；而正剧等〔戏剧〕则是用杂语的。③ (37)

故事也用各种语言，还可〔完全〕用雅语(梵文)创作。大家说，有令人惊异的内容的《伟大的故事》是用鬼的语言作的。④ (38)

〔伴有〕女舞、男舞、沙利耶舞等〔的诗〕是为了看的；而与它不同的〔诗〕则是为了听的。这样，〔诗〕又〔由古人〕宣布分为两类。⑤ (39)

有许多语言风格，彼此间有细微的区别，〔我们将〕描述其中的毗陀婆派(南方派)和乔罗派(东方派)〔两种〕，〔因为这两种是〕有明显的分别的。⑥ (40)

---

① Śaurasenī(梭罗塞尼)语是印度西部语言，Gauḍī(侨利)语是东部语言，Lāṭī(罗提)语是南部语言。“其他同类的”指戏剧中用的其他俗语。这些都是以地方标明语名。

② 藏本略异，义同。

③ 藏本 āsāra 作 osara，首音不同。

④ 《伟大的故事》据说是有十万诗节的长诗，已失传，其内容保存在长诗《故事海》中。“鬼的语言”名为“鬼语”(Paiśācī)。藏本“故事”下有“等”。“作”作“传诵”。

⑤ 此处说“诗”，实指文学。“看的”诗是戏剧，必有乐舞；“听的”诗是写出的诗文。印度传统不重阅而重诵，口耳相传，以听为主，特重声音，故“词”名为“声”。藏本“沙利耶舞”(śalya)作“沙弥耶舞”(śāmya)。

⑥ “风格”原词是“道路”。风格分派有三派、四派以至六派，皆以地名标志。

紧密、显豁、同一、甜蜜、柔和、易解、高尚、壮丽、美好、暗喻：(41)

这些就是毗陀婆派（南方派）风格的灵魂，相传〔共计〕十项〔诗〕德。在乔罗派（东方派）风格中，所见〔情况〕大体与这些相反。① (42)

紧密是：〔诗句中〕主要是些不送气音，〔因而〕松懈（软弱），〔但使人〕不感到松懈（软弱）。例如"mālatīmālā lolālikalilā"（聚集着颤动的蜜蜂的茉莉花环）。② (43)

这〔样的诗句〕也为乔罗派（东方派）所喜爱，因为〔他们〕认为〔其中〕有谐声，〔而且他们〕重视连缀。〔但是〕毗陀婆派（南方派）〔还喜爱〕"mālatīdāma laṅghitaṃ bhramaraiḥ"（许多蜜蜂冲向茉莉花环）〔这样的诗句〕。③ (44)

具备显豁就是用人所共知的词义。〔例如：〕"indor indīvaradyuti lakṡma lakṡmīṃ tanoti"（月色的青莲色的斑点增加了它的美丽）就是容易了解的话。④ (45)

乔罗派（东方派）认为可以由分析词源解释，〔因此，他们〕连不大通行的〔词义〕也喜爱。例如："anatyarjunābjanmasadṛkṣā ṅko

---

① 藏本稍异，义同。

② "不送气音"是文法术语，直译为"用少量呼气的"音，指元音、半元音、鼻音、不带声不送气和带声不送气的辅音。"送气音"指送气的辅音和三个咝音。从此以下与音及词形有关的例都照录原文并将译文附原文后括弧中。

③ "谐声"指同音重复。上一例句中有谐声，结构紧密，虽然全是不送气音，在声音上本来应当是"松懈"的、软弱的。这节的例句中有送气音 bh、gh，缺少"谐声"，不为东方派所喜，但是南方派认为它还是具备"紧密"的诗"德"。"谐声"如我国的双声叠韵，包括较复杂，至于整个音节的重复则是另一类，见下文第 61 节注。

④ 例句中用的词及词义都是比较常见的。迦梨陀娑的剧本《沙恭达罗》第一幕中有一句诗和这例句相仿。

balakṣaguḥ"（有着与不十分白的莲花相似的符志的月亮）。[①]（46）

同一是在〔音、词的〕连缀中没有不同。这有柔、刚、中〔三种〕连缀，是由柔、刚、杂〔三种〕音的组成而形成的。[②]（47）

〔柔音连缀的例：〕"kokilālāpavācālo mām eti malayānilaḥ"（从摩罗耶山来的风，带着杜鹃鸟的谈话的喧闹声，来到我身边）。〔刚音连缀的例：〕"ucchalacchīkarācchācchanirjharāmbhaḥkaṇokṣitāḥ"（为飞溅细雨的极纯洁的瀑布的水滴所喷洒的〔南风来到我身边〕）。[③]（48）

〔中音连缀的例：〕"candaṇapranayodgandhir mando malayamārutaḥ"（与旃檀亲密而芳香浓郁的、和煦的、从摩罗耶山来的风〔来到我身边〕）。〔乔罗派的不论音的连缀同一的例：〕"spardhate ruddhamaddhāiryo vararāmāmukhānilaiḥ"（使我丧失坚定

---

① 作者偏向南方派而不喜东方派，解说诗"德"时以南方派为主，而对东方派时有微词；因此在"显豁"下面引了东方派的晦涩的诗句来对比。例句中的词和词义大都冷僻古怪，诗句读起来音调也很别扭。arjuna 的通行意义是史诗中的一个英雄名字，"白色的"一义较少用，现在加上 an-ati（y）（不太）更加生硬，āb-ja（水中生）可用作"莲花"解，现在把 ja 改为 janma（生），意义虽同，而 ābjanma 却是个罕见的僻词。"相似"一词通常用sadṛśa或sadṛś，而此处用 sadṛkṣā，也是罕见的。balakṣa（白色的）很少用。-gu 的常义是"牛"，而此处作"光"解，又是僻义。这个复合词的意义是"有白光的"，指月亮，更是生造出的词。

② 据原注，"柔""刚""中"（杂）分别指各种音，并认为"同一"指用同一类型的词音出现于起头和结尾。德译只照字面译，未加说明。原注又指出此是"声"的"同一"，另举"义"的"同一"一例，则显系回文复义："udeti savitā tāmras，tāmra evāstam eti ca"（太阳升起是赤铜色，西沉仍是赤铜色）。

③ 原注并未分析例句中如何"同一"，只说起止音皆是"柔""刚"等。前一例中显系重复 la 音，后一例中则重复送气的腭音。前例中上"句"中首一词尾音为 la，末词尾音亦为 la，下"句"末词尾音亦为 la。上"句"首末元音皆为 o，首末词音同类。后例中上"句"首、末词皆有 ch，首末词音同类。摩罗耶山相传系印度南方盛产旃檀（檀香木）之山，故从此山吹来的风即指南来的香风，诗中常用，暗示引起相思之情。

的〔南方香风〕要同美人口边的风比赛)。① (49)

这样,东方派的诗法不论不同,只注意意义与修饰的丰富,而得到发展。② (50)

甜蜜就是有味,在语言中以及在内容方面都有味存在。由于这〔味〕,智者迷醉,好像蜜蜂由花蜜〔而醉〕。③ (51)

听到从某一〔发音部位的〕发音就感觉到〔与另一音的发音部位〕相同,这种形式的词的联系,有着谐声,就产生了味。④ (52)

> "eṣa rājā yadā lakṣmīṃ prāptavān brāhmaṇapriyaḥ tataḥ prabhṛti dharmasya loke'sminn utsavo' bhavat"(自从这位爱护婆罗门的王爷登极,正法在世间就兴旺起来了)。⑤ (53)

这〔样依发音部位谐声的诗句〕不为乔罗派(东方派)所重视。他们爱好〔同音重复的〕谐声。毗陀婆派(南方派)喜爱这〔种谐声〕甚于〔同音重复的〕谐声。⑥ (54)

在诗句中和在词中,音的重复,如果〔相距〕不远,可以使人觉察到前面有过的感受的影响,这〔种音的重复〕就是谐声。(55)

> "Candre śaranniśottaṃse kundastavakavibhrame indranīlani-

---

① 前例中上"句"首词的尾音为 n,末词尾音为 dh,下"句"首词尾音 d,末词尾音 t。后例是"不同"之例,但下"句"中前词尾音与后词首音相同。藏本一词异,义同。

② 藏本"发展"词异,义相仿。

③ 藏本微异,义同。

④ 文法家将发音部位分为喉、腭、舌、齿、唇五部。同一部位的发音在南方派心目中就算一种谐声,但谐声应指同一音的重复,见下文。藏本二处微异,"这种形式"后有"等"。

⑤ 这是例子。一节诗分四"句"读。其中第一"句"中前一词尾与后一词首的音属于相同部位。ṣ、r 是舌音,j、y 是腭音,d、l 是齿音。第二句中重复出现唇音:p、v、b、m。"正法"在此处显然只是婆罗门祭司观点的说法,首先指对婆罗门的布施及祭祀等。原注云:诗中有了颂圣的感情,内容也"甜蜜"。藏本微异,义同。

⑥ 藏本末一词异,义同。

bhaṃ lakṣma sandadhāty alinaḥ śriyam”（作为秋夜的装饰的，仿佛一簇白茉莉花朵的明月上面，像绿玉一般的斑点有着黑蜂群的美丽）。① （56）

“Cāru cāndramasaṃ bhīru bimbaṃ paśyaitad ambare manmano manmathākrāntaṃ nirdayaṃ hantum udyatam”（羞怯的女郎啊！你看天上这美丽的月轮极力要把我的被爱神占据了的心无情地杀害）。② （57）

〔东方派〕喜爱这样的，听来相距不远的谐声；而不〔喜欢〕“rāmāmukhāmbhojasadṛśas candramāḥ”（明月好似美人的莲面）这样的〔诗句〕。③ （58）

“smaraḥ kharaḥ khalaḥ kāntaḥ kāyaḥ kopaś ca naḥ kṛśaḥ cryuto māno‘dhiko rāgo moho jāto ’savo gatāḥ”（爱神严厉，情郎狠心，我身躯消瘦，气恼减轻，傲心降，恋心增，痴情生，命难存）。④ （59）

这样一类的〔诗句〕表现了〔词的〕连缀的粗糙和松懈；因此南方派不用这样的谐声。⑤ （60）

音组方面的重复称为双关音；但这不完全是甜蜜，因此要在以

---

① 例中第一“句”有两个 ś，第二“句”有两个 k 和两个 v，第三“句”有两个 n 和两个 l，第四“句”有 d、dh、t、n 四个齿音辅音。前三“句”有同音谐声，第四句有同发音部位的谐声。原注云：从内容说，由景生情也算“甜蜜”。

② 例中第一“句”有两个 cā 和两个 ru，第二“句”有两个 mba，第三“句”有两个 manma，第四“句”有两个 d 和两个 t。因此，除第四“句”外，不止辅音，整个音节都谐声。原注云：诗意描写相思而且用了夸张的修辞法，所以也算内容“甜蜜”。藏本有二词异；一义同，一是“杀害”作“做”，即“无情对待”。

③ 例句中作为谐声的第一词尾音 mā 与末词尾音 mā 相距太远。

④ 这是作为东方派喜欢而南方派不喜的谐声的例。诗的前半有 r、k、h、k 音重复，后半有 t 等齿音重复。

⑤ “粗糙”指听来刺耳，具体说，即“送气音ḥ过密”。“松懈”也是指音，即这样的送气音ḥ因连声规则而变音（aḥ成为 o）过密。前例中前半ḥ过多，过密，后半由 aḥ变成的 o 过多，过密。德本改原文一音，词义较明。

后（第三章中）论述。① （61）

诚在一切修饰都在意义上洒下了味，然而多半是只有不村俗才能负起这〔味〕的重担。② （62）

"Kanye Kāmayamānaṃ māṃ na tvaṃ kāmayase katham"（姑娘啊！你为什么不恋恋着〔你〕的我呢）？

这样的村俗的意义内容就会产生厌恶。③ （63）

"Kāmaṃ kandarpacāṇḍālo mayi vāmākṣi nirdayaḥ tvayi nirmatsaro diṣṭyā"（有美丽的眼睛的女郎啊！爱神这个贱民，〔他〕对我真是无情，幸而对你却不妒）。

这样的不村俗的意义才有味。④ （64）

在词（声、音）里也还有村俗，因为那是不文明的人口头用的。例如在描写欢爱时〔用〕ya 音开头的词。⑤ （65）

还有，由于词的连续构成方式，或则由于句子的意义〔暧昧〕，

---

① "双关音"在音的方面要求音节连续重复，与前面所说（看第 44 节注）只要求辅音重复的谐声（双声）不同，而且无意义的部分音节重复以及同意义的词的重复还不算，更要求音同义异的似双关语的重复。因此，作者认为应属于"修饰"即修辞手段，不在此处论述。至于一词两义兼顾，则是"双关语"，又是一种修辞法。

② "村俗"或"俗"指农村劳动人民即一般下层人民的口语。这里的"味"主要指"甜蜜"。"味"一词又有"水"义，故可说"洒"。因为前面说过，"甜蜜"不止在声音方面，还在意义方面，所以从这节起，论到用词。所谓意义，指的主要是词或句。德本改了一个音，义同。

③ 例中的"姑娘"一词虽一般可作女郎解，但作为对情人的称呼，却是粗俗的。像"恋"这样的普通词（即"爱""欲"）据原注者说也是应当隐晦而不应当明白说出的，因为明说会使雅人生羞。"厌恶"照字面是"无味"，实指美味的反面。藏本微异，义同。

④ 这例的内容与上一例完全一样，但用了曲折表达的词句，所以"不俗"而"雅"。这才算是有"味"，即具备意义方面的"甜蜜"。

⑤ "词"与"声"是一个字。原注者说，"用 ya 音开头的词"如由"yabh"词根构成的词，会使听者生羞；但 nidhuvana 这样的词却见于名诗。按：这都是指性的关系的词，不过有雅有俗而已。作者显欲避免直接引用此词，故用谜语式的说法，当时人自然一望而知。

难于确切了解，〔这也会产生〕村俗。例如："yā bhavataḥ priyā"（您所爱的那位女性）。① （66）

"kharaṃ prahṛtya viśrāntaḥ puruṣo vīryavān"（有勇力的英雄打击了强敌以后休息了）。这些及其他的〔语病〕，〔东方和南方〕两派都不赞同。② （67）

〔但是〕bhaginī（妹）、bhagavatī（夫人）等〔词〕是到处都被承认的。甜蜜已分别〔论述过〕了，〔现在〕说柔和。③ （68）

〔诗句中〕多数是柔音，这就是柔和，〔但是若〕所有的〔音〕都是柔音，〔这就是犯了〕连缀松懈的病。④ （69）

"maṇḍalīkṛtya barhāṇi kaṇṭhair madhuragītibhiḥ kalāpinaḥ pranṛtyanti kāle jīmutamālini"（在雨季，有甜蜜歌喉的孔雀都把尾张成圆形舞起来了）。⑤ （70）

这样的〔诗句中〕，意义没有特色，修饰也不那么样〔具有特色〕，只由于〔有了〕柔和，它就打动了知〔诗〕者的心。⑥ （71）

另一派（东方派）的人把依火热的〔情调而用的〕多数难发的音排斥出去，〔例如：〕"nyakṣeṇa kṣayitaḥ pakṣaḥ kṣatriyāṇāṃ kṣa-

① 这是说，由于词的前后联系而产生了歧义，或则因词本来有歧义，以致句子也可有不同解释。这本是"双关"的修辞手法，但是所生歧义如果猥亵、可厌、不吉，则算是一病。这里所说的"村俗"即是此病，但举例只见猥亵一方面。yā（她）与下一词（您）可连成yābhavataḥ，就产生了上文说的 ya 音起头的意义，所以应当避免。这是由词的连续构成而生的毛病。藏本"或则"作"和"。

② 此例说由词有歧义致句子出了毛病。"强敌"和"勇力"有别解，"英雄"的词义本是"男子"，因此产生猥亵的意义。藏本"强敌"一词有一音不同，义为"敌人"。

③ "到处"指口头说与诗文中都不忌讳。例中两词都因 bhaga（女阴）而有别解，但通常不以为意。

④ "柔音"指带声及不送气的音。"松懈"参看上文第 43 节诗。藏本微异，义同。

⑤ 例中的ṭh 不是柔音。据说孔雀到雨季即闻雷声而起舞。

⑥ 这是对怀疑"柔和"是一"德"的人的答复。作者认为既能以音的"柔和"打动听众，这就具备了"品德"的条件。"打动了"直译是"登上了"。藏本"心"作"口"，即"上了知诗者的口"，为人传诵。

ṇāt”(霎时间那雄牛把刹帝利一方完全消灭了)。①(72)

易解是意义不需要推索。〔例如:〕“从被脚踏碎的龙蛇的血染红的海中,大神诃利把大地拯拔了出来。”②(73)

“大猪把大地从血红的海中拯拔出来。”若只说这一点,〔那么〕“龙蛇的血”就需要推索了。(74)

两派都不推重这样的〔诗句〕,因为破坏了词的正当用法〔诗句〕就不容易理解了。③(75)

说了这〔诗句〕,〔就会使人〕了解某种高贵的品德,那就叫作高尚。〔两派〕作诗法都以此为支柱。(76)

“求告者的悲苦的眼光只要在你的脸上落下一次,王爷啊!〔再有了〕那种〔悲苦的〕处境,也不再去望别人的脸了。”(77)

这样,在这诗句里,很好地表现了施舍的高贵〔品德〕。照这方式,在其他处也可以推出有同样的规律的〔“高尚”〕。④(78)

有些人要求高尚要配上一些可赞美的形容词,如“供观赏的莲花”“供游戏的池沼”“金钏”等等。(79)

壮丽是复合词的丰富。这是散文体的生命。可是非南方派(东方派)在韵文体中也以此为一个首要目标。(80)

这种〔复合词的丰富〕由于用长音、短音的或多或少或〔多少〕

---

① 原注者以为,这是说东方派认为表现英勇等内容的诗句,即“火热的”,便不能“柔和”,并以例句说明。例中述英雄事迹,用了许多 kṣ这样不“柔和”的难发的音。南方派认为在这种情况下仍可有“柔和”。“雄牛”指史诗中英雄持斧罗摩。“刹帝利”即王族、武士。传说持斧罗摩曾消灭武士族二十一次。藏本一音异,义同。

② 诃利即毗湿奴。神话说,这大神曾化为野猪把大地从洪水中拱了出来。参看第 81 页注①。

③ “词的正当用法”指正确而明白的词序,其中没有脱漏。

④ 所谓“高尚”“高贵”首指慷慨布施,足见当时文人以依附贵族富豪为其生活之主要来源,无怪其诗脱离平民,缺乏社会意义。但是文人能入宫廷者究是少数,于是又有分别,仍可出现抱不平之作品或诗句。藏本“其他处”作“其他也”,指“高尚”。

混杂而各种各样。这〔种情况〕见于小说等〔作品〕中。① (81)

"astamastakaparyastasamastārkāṃśusaṃstarā pīnastanasthitātāmra-kamravastreva vāruṇī"(西山顶上包围着全部的太阳光,〔以此作为〕卧床的西方〔天空〕,好像在丰腴的乳峰上蒙着浅红色的美丽的衣裳的〔女郎〕)。② (82)

这样,在韵文体中,东方派也编织壮丽的语言。其他人则要求〔复合词〕不纷乱的,打动人心的,语言的壮丽。例如:(83)

"payodharataṭotsaṅgalagnasandhyātapāṃsukā kasya kāmāturaṃ ceto vāruṇī na kariṣyati"(〔披着〕云边附着晚霞胸衣的西方〔天空〕,〔看见它〕谁的心不会引起相思之苦呢)?③ (84)

美好指一切世间所爱好的,因为它不超出世间事物〔的范围〕。这见于〔友情的或爱情的恭维〕谈话以及〔世间事物的〕描绘。④ (85)

〔例如:〕"有您这样的道行高的〔人〕以圣洁的脚底灰尘赏光的家宅,那才算是〔真正的〕家宅。"⑤(86)

"有无瑕的身体的女郎啊! 在你的一双嫩臂之间,膨胀的两乳已经没有足够的空隙了。"⑥(87)

---

① "长音""短音"直译"重""轻",诗律术语。"长"包括复辅音前面的短音及鼻化元音及诗行尾音。"多""少""杂",指此多彼少或彼多此少或互有多少不等。"小说"见上文。"等"指"占布"之类。这种小说主要不是讲故事而是显示文章辞藻。

② "西方"是阴性词,故比女郎。诗只四词,两个长复合词,两个单词。

③ 例诗前半是一个长复合词,后半只有一个由两词复合的复合词,但诗意暗示相思者见晚霞而思情妇,所以算是"打动人心的""壮丽"。"打动人心"即"令人心喜"。诗中"云边"是双关词:"云"又有"乳房"义,"边"又有"山坡"义,并指"襟、怀"。

④ 这一诗"德"是"美",又是"所好"。就例子看,这是交际中的恭维话和颂赞性质的描写。原注说,"谈话"一词除作"问候话"外,还有人解为"历史传说的叙述"。不过这与例不符。藏本"见于"作另一词,义同。

⑤ 这是一般恭维话的例子。"道行"原作"苦行"。

⑥ 这是描绘事物的例子,也是对情人的恭维话。藏本一音微异,义同。

这样，这种由特殊的说法修饰的〔世间〕可能的〔事物的描绘〕就是所有遵循世间交际的人所爱好的美好。(88)

〔世间的〕事物，加上了夸大，甚至作为超乎世间的〔事物〕说出来，这使有学问的〔东方派〕非常欢喜，却不是其他的人（南方派）〔所欢喜的〕。① (89)

〔例如：〕"从今天起，我们的家宅就好像神仙住处一样受人崇拜了，〔因为〕你的脚下灰尘的降落洗净了〔我家的〕所有的罪过。"②(90)

"创造之神〔一定是〕没有想到将来你的乳房的膨胀会像这样，〔所以他〕才〔在你胸部〕创造了〔这样〕狭小的地方。"③(91)

这称为夸张。这是乔罗派（东方派）所宠爱的；而前面所作的说明则是另一派（南方派）的精华。④ (92)

一种不同的性质，依照世上〔可能的〕限度，正确地加在与它不同的另一处〔事物之上〕，相传这就是暗喻。例如：⑤(93)

"夜莲闭〔目〕而日莲开〔眼〕。"由于加上了眼的动作，就得到了表示它（眼）的词〔用在莲花上〕。⑥ (94)

"niṣṭhyuta、udgīrṇa、vānta"（吐、喷）等词，若用其转义，就很

---

① 藏本"人"作"例如"。

② 这是东方派的恭维话的例子，其实就是前面第86节所引例子的另一说法，因为把自己住宅比作神的住处，所以算是"超乎世间的"，不是"世间可能的"。

③ 这是东方派的描绘的例子。其实就是前面第87节所引例子的另一说法。

④ "夸张"是修辞法的一种。原注说："精华"即应当采取的。德译作"另一派的说明是正确的"。

⑤ "暗喻"照字面译是"正确加上去"。"性质"，原注者解为性质、行动。

⑥ "词"字面作"听"。

美，否则，〔若用其本义，〕就堕入村俗。① (95)

〔例如：〕“红莲饮了阳光喷出的火星，好像又用嘴吐出红粉。”②(96)

这〔诗句〕是可喜的。不可喜的〔例如：〕“妇人吐了。”〔此外，〕还有同时把许多性质加在〔一事物〕上也是〔暗喻〕。例如：③(97)

“这些浓云因腹内〔含水〕沉重而疲乏，吼鸣着躺在山顶坡上了。”④(98)

“女友的怀中”“呻吟”“〔感觉〕沉重”“疲乏”等这些属于孕妇的很多特征也都在这儿〔同时〕表达出来了。⑤(99)

因此这就是诗的全部财富。所有诗人之群都遵守这个名为暗喻的〔诗〕德。⑥ (100)

这样，〔依据诗德〕描述了它们〔两派〕的特性，〔可见南方与东方〕两派的不同。至于每一个诗人所有的相异之点就不能细说了。⑦ (101)

---

① 这三词的本义都是“呕吐出”，转义是“说出”“喷出”“吐露”等。“等词”指尚有其他同类词。“转义”指引申的意义。

② 例中用了上述的词中的两个，但都是转义，并非真“吐”。德本、藏本，“吐”一词拼法微异。

③ “可喜的”即令人心喜，打动人心。“同时”指语义双关。藏本“相传”作“认为”。

④⑤ 例中许多词都是双关雨云和孕妇的。“腹”指云的内部和孕妇的胎，“重”指雨水又指胎儿，“乏”双方可解而意义不同，在云是雷的“吼”，在孕妇是“呻吟”，二者一个词，“坡”与“怀中”又是一个词，“山顶”可作为“坚定的女友”，“躺”可两用。这样大多数词义双关而不明显说出的暗喻，在诗中常见。这两节藏本微异，义同。

⑥ 原注云：以上说的“十德”，后来的理论家认为其中有些都是修辞，不是“品德”，因此只承认“甜蜜”“壮丽”“显豁”三“德”。诗中有两“这个”，原注说其中之一有异文作“一个”，即“唯一”“首要”，德本照改。

⑦ 藏本“特性”微异。此词原为“自己的形式”“自性”，依藏本则“自己的”改为“具有”。德本注云：“自己”原刊作“具有”。

甘蔗、牛奶、糖浆等等的甜味有很大的差别；然而即使是辩才天女也不能把它说出来。（102）

天生的才能、丰富的和纯洁的学问、不倦的应用，〔这些就是〕诗的财富的来源。（103）

尽管没有前世修来的与德行有关的惊人才能，〔只要〕由学习和努力侍奉语言〔之神，她〕就一定能赐予若干恩惠。[①]（104）

因此，想得〔诗〕名者应当经常不倦地勤劳地侍奉辩才天女。人们即使缺乏诗人的才能，〔只要〕经过辛勤努力，就能够在学者集会中欣然自娱。（105）

檀丁（杖者）大师著《诗镜》第一章，章名《辨风格》。[②]

第 三 章

意义混乱、内容矛盾、词义重复、含有歧义、次序颠倒、用词不当、失去停顿、韵律失调、缺乏连声，（125）[③]

以及违反地、时、艺、世间〔公认的事实〕、正理、经典，这些是智者应当避免的诗中十病。（126）

宗、因、喻坏是不是病（“过”）？这个一般说是困难的思想〔问题〕。把它浅尝一下有什么益处呢？[④]（127）

---

① “语言”，指语言之神，即辩才天女，见第1节注。章末两节变了格律，这是长诗的规则，见上文第19节。

② 本书章末标题各本详略不同，今综合取详者。

③ 以上从第二章第1节到第三章第124节都是论各种修辞手法的，今略去。

④ 这是说，逻辑错误（术语古译是“过”，与此处的“病”是一个词）算不算“病”。这属于思想内容方面，文艺理论家一般不加讨论，所以作者在这里说明一下。“宗、因、喻”是印度逻辑的“三支”论法的成分。“宗”是断语，大致相当于西方逻辑的命题或推理中的结论。“因”是推理的依据，主语的特征，大致如三段论法的小前提。“喻”是推理的出发点和原则以及事实根据和证明，这包括了大前提。所谓“坏”即其中有了错误。印度逻辑对此有复杂细致的分析讨论。藏本“是不是”作“也是”。另有一词微异，义同。

〔所有的词句合起来〕缺乏一个综合的〔完整〕意义，这是意义混乱。醉人、疯人和儿童的话在别处就是弊病。① (128)

〔例如：〕"海被天神（或'云'）饮了。我为衰老所苦。这些云吼叫。诃利（或'因陀罗'）爱仙象。"②(129)

这〔样的〕心不健全的人的话〔在他们〕是不受指责的。〔可是〕有哪位诗人会在别处使用这样的〔语言〕呢？③ (130)

在一句或一篇中，上下文不合，意义互相矛盾；这就属于〔诗〕病中的内容矛盾。(131)

〔例如：〕"愿你消灭全部敌军。愿你征服这大地。你对一切生物都仁慈，没有任何一个敌人。"④(132)

〔可是〕有一种遭受突然打击的心情；在这种情况下，即使是意义矛盾的话也可以〔为人所〕欣赏。(133)

〔例如：〕"我对他人妻子的欲望如何能与〔我的〕高贵身份相当？可是我什么时候才能饮一饮她的颤抖的嘴唇呢？"⑤(134)

如果把已经说过的词或意义毫无分别地又说一遍，那就被认为是词义重复。例如：⑥(135)

"这些像她的头发颜色的，怀着雷电的，深沉的，有轰轰雷声的云，使想念〔情人〕的女郎焦灼（想念情人）了。"(136)

如果为了表现某种极大的同情等等，〔那么〕即使是重复也不是病，这反而是一种修饰。(137)

---

① "在别处"指不是写醉人、疯人、儿童。若描写这些人，则模仿他们的语言不算是"病"。藏本微异，义同。

② "仙象"属于天神之首长因陀罗。藏本前半作"这海被饮了。我今天……"德本注云："为衰老"可能应作"为热病"（两字只差一字母）。

③ "在别处"指不是写疯人、醉人。

④ 藏本"军"作"群"，另有微异，义同。原注云有异文，即同藏本。德本用此异文，别注本文于下。

⑤ 例是描写矛盾心情，故不算"病"。

⑥ 藏本微异，义同。

〔例如：〕“爱神，这突然来袭的敌人，毁坏了这美臀女郎，毁坏了这肢体艳丽的女郎，毁坏了这出言美妙的女郎。”（138）

用来表示确定意义的话，如果产生怀疑，这就是病，称为含有歧义。（139）

〔例如：〕“女友啊！你的含情脉脉的眼睛凝视着所恋的情人，〔你的〕在远（近）处的母亲看见这样情形绝不能容忍。”[①]（140）

可是，如果这样的〔词句〕是〔有意〕用来造成怀疑的，这就是一种修饰，而不是病。例如：[②]（141）

“我看见那位无可指责的女郎为相思之苦所折磨，已经被严酷的死神吞食了；你的希望对我们还有什么意义呢？”（或解作：“……为严酷的〔暑热〕季节所苦，我们对你还存什么希望呢？”）[③]（142）

是为相思所苦还是为暑热所苦？〔这样的〕意义不确定的话，是女使有意开玩笑要引逗那青年着急而说的。[④]（143）

如果〔前面有了顺序的叙述，后面的〕符合〔前面〕叙述的事物意义的〔叙述〕不照〔前面的〕顺序，智者说，这就是名为次序颠倒的病。[⑤]（144）

〔例如：〕“愿主宰世界的持续、创造、毁灭的这〔三位大神〕，湿婆、那罗延、由莲花出生的〔大梵天〕保佑你们吧！”[⑥]（145）

如果〔诗人〕为了努力表示〔前后叙述的〕关系的知识〔于一

---

① 例中用的一个词有“远”“近”二义，所以意义不明。

② 藏本一词有异，意义无别。此异文见于原注中，德本采用了。

③ 例中用的“时间”一词，可指死神，也可指季节，因此意义不明，见下文。通常在男女情人之间有一传话的女子，称为“女使”。这是女方的“女使”来对男方说的话。

④ 藏本微异，义同。

⑤ 第二章第273节曾说前后顺序照顾是一种修辞要求。

⑥ 例中三大神的次序与前面描述其特性的次序不合。湿婆即大自在天，是管毁灭的。那罗延即毗湿奴，是管持续（保存）的。大梵天则掌创造。藏本“这”作“无生的”。

点〕，尽管打乱了次序，智者也不认为有毛病。① (146)

〔例如：〕"舍弃亲友、舍弃身体、舍弃家乡，这三件事中，前后二者都有长期痛苦，〔只有〕中间〔一件〕是一刹那疼痛的〔事情〕。"(147)

用词不当是不顾前例和规定的方式〔用词〕，是学者所不同意的用词法；至于学者所同意的，则不算毛病。② (148)

〔例如：〕"avate bhavate bāhur mahīm arṇavaśakkarīm mahārājann ajijñāsā"(大王啊！你的手臂保护海洋环绕的大地，〔这〕没有疑问)。这样的语言没有味。③ (149)

"接近了南方的〔摩罗耶〕山的风使芒果树姗姗轻摇珊瑚般的嫩芽而显得娇艳。"④(150)

这一类的〔诗句〕，对于懒得研究文典奥义的心，好像有文法错误，而〔其实它〕并不曾失去美丽。⑤ (151)

诗中固定的分开词的地方叫作停顿。缺少了它，便是失去停顿，听来不顺耳。例如：⑥(152)

---

① 此节意思是说，若诗想突出一点来说明所列举的几点之间的关系，而不是分别描写，就可不顾顺序。见下面例句。藏本末句有异，义同，但多"例如"一词。

② "前例"指有人如此用过，"规定"指文法家、字典家有过这样规定。一般用词应依据这二者。但主要标准是要看"学者"的意见。他们所不同意的，即使有人用过或有过规定，用了也是有毛病。藏本微异，义同。

③ 例中有许多文法错误。avate 应作 avati，不应用中间语态。bhavate 用第四格误，应当用第六格 bhavataḥ，-śakkarī 复合后应加后缀 kā 变为-kām。德译者认为此字的正确形式应为 śakvarī。原注者并说，此字作为"腰带"解是没有人用过的。mahārājan 语尾误，复合词呼格尾应是-ja。

④ 这例似有文法错误，而实际是文法家肯定了的形式，因而并无毛病，见下节。诗意是描写南方吹来的香风使芒果开花。参看第 24 页注③。

⑤ 前例中"接近了南山"，"山"是宾词，应当用第二格，此处用了第六格，故似误；但是文法家又有规定，认为在这种情况下也可用第六格，因此是"学者所同意的"形式，不算错误。

⑥ 原注引证说，"停顿"是为了舌头得到休息。"诗"原作"颂"，实指一般诗。

"strīṇāṃ saṅgītavidhim ayam ādityavaṃśyo narendraḥ, paśyaty akliṣṭarasam iha śiṣṭair amā"（这位日族王爷在这儿和文人雅士一起观看一些女子的韵味无穷的歌舞）。这一类的诗是〔停顿〕错误的。"kāryākāryāṇy ayam avikalāny āgamenaiva paśyan, vaśyām urvīṃ vahati nṛpāḥ"（这国王依据经典观察一切应做和不应做的事，统御着顺从的大地）。这样的用法却是有的。① （153）

〔因为，〕词尾失去后，余下的〔部分〕仍被确定为〔具有〕词的性质，同样，〔词〕尾因连声而有变化的也仍然被当作词。②（154）

虽然如此，听来刺耳的如"dhvajinī tasya rājñaḥ ketūdastajaladā"（这国王的军队用旗帜驱散了云层）一类的〔诗句〕，诗人们不肯用。③（155）

〔诗句中〕音节多了或少了，〔或则〕长音短音的地位不合规定，这算是韵律失调。这是很受谴责的〔诗〕病。④ （156）

〔例如：〕"indupādāh śiśrāḥ spṛśanti"（清凉的月光触〔人身〕）缺了音："sahakārasya kisalayāny ārdrāṇi"（芒果树的湿润的嫩枝）

---

① 前一例的格律是十七音一"句"的"缓进调"。诗律规定这十七音由四、六、七音组成，即应当在第四、十、十七音后分别"停顿"，因此要求在这几处能把词分开；但诗中第四、十音都在词的中间，不能中途停下，所以是"失去停顿"，后例却可以容许，理由见下文。两例都不完全，不够诗节的一半。后一例中"顺从的"，原注云有异文作"祖传的"，只一符号异而意义有别。藏本"这样"作"这"。

② 词尾变化是与另一词复合而失去，余下的词干仍有完整意义，可当作一个词，可以在其后停顿。前例中无此。词尾因"连声"变化，元音变为辅音与下一词合成一音节，如上节第二例中的两个-ny，前面还可以停顿。

③ 例是八音一"句"的"颂"（不全），应在第八音 ke 后停顿，但 ketu 与下文 ud-相连，两 u 合为 ū，一词只两音，去了一半，而且 u 音还在，若在词中间停顿就会"刺耳"。

④ "长音""短音"本名"重""轻"，参见第 30 页注①。梵文诗律规定了每"句"的音数和每一音节的长短以及"句"的停顿处，好像我们的词律。藏本微异，义同。

多了音；①（157）

“kāmena bāṇā niśitā vimuktā mṛgekṣaṇāsu”（爱神向鹿眼女人们射出了锐利的箭）长音不合规定；“smarasya bāṇā niśitāḥ patanti vāmekṣaṇāsu”（爱神的锐利的箭落在俊眼女人们的身上）短音不合规定。② （158）

〔如果想：〕“我不愿依照连声规则说（作诗）”，〔因而有意〕在词与词之间不连〔声〕，这称为缺乏连声；〔当然〕由于连声例外等而有的〔这类情况〕不算〔病〕。③ （159）

〔例如：〕“mandānilena calatā aṅganagaṇḍamaṇḍale luptam udbhedi gharmāmbho nabhasy asmadvapusy api”（天上吹拂的轻风使女人脸上和我们身上冒出的汗珠都消失了）。④ （160）

“mānerṣye iha śīryete strīṇāṃ himartau priye，āsu rātriṣu”（妇女对情人的娇嗔和妒意当此寒季并在这些夜里都消退了）。这样的分离的（无连声的）〔形式〕是智者们传授下来的。⑤ （161）

---

① 两例都是“颂体”，均是一“句”半。第一句应有八音，前例中两词后停顿，只有七音；后例中同样两词后停顿，又有了九音（末一元音因“连声”变为半元音，不算），故误。

② 两例（都是一“句”半）都是十一音一“句”的格律，分属两种，“句”中第一音，一则要求长音，一则要求短音，现各就其一来说，故前例第一音长，后例第一音短，均误。但是有一种格律是把这两种合起来的，若那样算则不误，故原注者说，前例第一词应作 svabhuvā，后例第一词应作 madana（藏本正如此），如此则确定是错误（所改均是同义词）。藏本有三词异，义同。

③ 梵文要求词与词相连时相连的尾音和首音要照规则变化，这称为“连声”。其中有些是必需的，也有些是不应连的“连声例外”，全句中的词则可在说或读时任凭意愿或拆或连。在诗中不讲“连声”则是一“病”，除非是规定的例外。原注说，这样的例外只能有一，不能连续出现，否则听来刺耳，仍是一“病”。

④ 例中的 ā 与 a 应当连成一个 ā，但 ā 恰在“句”末，连起来就要缺一个音，因此作者引用“可以任意”的说法不连起来，这仍是“病”。原注云，有异文“身上”作“心中”，不正确。藏本正作“心中”。

⑤ 例中 e 是双数词尾故不与 i 连。a 与ṛ也有文法规定可不连。藏本末可作“智者不知这样一类”。

地指山、林、国等。时指夜、昼、季等。艺指有关欲、利的舞蹈、音乐等。① (162)

世间习俗指能动与不能动的生物的情况。正理指以因明(逻辑)为内容的〔学问〕。经典指《吠陀》及法典。② (163)

如果由于诗人的疏忽而在这些方面有了不合公认事实之处,这叫作违反地等。③ (164)

〔例如:从〕"摩罗耶山〔吹来〕的风因接触了樟树而芬芳。羯陵伽国森林中出产的象跟鹿差不多〔大小〕。"④(165)

"朱罗国的迦韦利河岸由于〔生长〕黑沉香树而一片黝黑。"这些都是违反地方〔事实〕的话的例证。⑤ (166)

〔例如:〕"昼莲夜间醒,夜莲白昼开,春来芦苇茂,夏季阴云多,⑥(167)

"雨季天鹅鸣,秋来孔雀喜,冬天朗日照,寒季檀香好。"⑦(168)

以上这样违反时的情况已经表明,〔以下〕略说违反艺的情形。例如:(169)

---

① "欲、利"见第一章第 15 节注。"艺",传统说有六十四种,见下。

② 《吠陀》原词为"所闻"。"法典"指《摩奴法典》等典籍,原词是"所念"(即传统规定)。"经典"一词原文作"阿笈摩",即传统经典。"世间习俗"前文(第126节)仅用"世间"。

③ 藏本"不合"作"符合",疑误。

④ 摩罗耶山产旃檀(见第一章第 48 节注),并无樟树(可制樟脑者)。原注云,樟树是中国等地所产。羯陵伽国在印度东部,不产象。藏本微异,义同。

⑤ 朱罗国在印度南部。迦韦利河岸不产黑沉香。原注引一异文,系缺后半说明而在中间加两句犯同样错误的话。

⑥ 印度历来将一年分为六季。芦苇应在雨季茂盛。夏季一般是燥热无阴雨。原注者以为:夏季偶然也可有雨,戏剧《小泥车》中即描写了非时的暴雨,因此应读为"夏季霜冻生"。

⑦ 天鹅如大雁,秋季始南下,雨季已北上,不能闻其鸣声。孔雀欢喜在雨季,不在秋天。"朗日"指无云雾蔽日,冬季(照字面译是"霜露时")恰是雾多。檀香水使人清凉,是暑热用品,寒冬不用。

“英勇与艳情〔两种味〕的固定的情〔分别〕是愤怒与惊诧。”“单用一调的〔乐曲〕用所有七调进行。”①(170)

违反六十四艺的〔情形〕可以这样很好地推究出来。那〔六十四艺的〕特点将在《论艺章》中说明。② (171)

〔例如:〕“大象抖鬃毛,骏马角尖锐,蓖麻质坚实,大树软无力。”③(172)

以上是违反世间公认的〔事实〕的,是大家都会指责的。〔以下〕说明在称为正理的因明方面的违反。(173)

〔例如:〕“善逝(佛)说得对,行是不灭的,因为那个眼如月光鸟的女子至今还在我心里。”④(174)

“迦毗罗派描述非谛(不存在、不真实或不善)的出现是很正确的,因为我们都看到不善者(恶人)的出现。”⑤(175)

〔以上是〕违反正理的情形,这在各处都能见到。现在要指出违反经典的例子:⑥(176)

〔例如:〕“这些婆罗门虽然没有行过火祭,却在生下儿子以后

---

① “味”是文艺理论中分析文艺作品基本情调的术语,每一“味”有其“固定的”即经常的、主要的“情”与“不定的”即暂时的、次要的“情”。英勇的固定的情是热烈而艳情的是欢乐。例中所说的愤怒及惊诧则是暴戾与奇异两种“味”的固定的情。参看《舞论》第六章。“七调”在音乐中不能乱用。“单用一调”直译是“〔与其他〕不同的方式”,原注者谓指“不杂”,德本译“单调”。

② 《论艺章》注者以为是作者的一著作名。藏本微异,义同。

③ “大树”原作 khadira 树,西名是 Acacia catechu。

④ “善逝”是佛的称号之一。“行”为佛教术语,亦指前一言行所遗的影响。佛教主张刹那生灭,一切无常,所以例中所说佛语应是违反佛说。藏本有异:“即使佛说‘有为法’不坏的话是对的,但是那眼如月光鸟的女子至今还在我心里。”“有为法”指世间一切。这例子不但引佛说有误,而且本身还自相矛盾。“月光鸟”传说是以饮月光为生的鸟。

⑤ 迦毗罗是数论(僧佉)派哲学的祖师。这派否认“无”(不存在)能出现,说“‘无’不能生,如人之角”。例中利用“非谛”(即“无”)一词的多义而作双关巧语,但所说与该派哲学理论相反,故误。

⑥ “各处”注者以为指其他几派哲学,并认为应改为“他处”。如此则“违反正理”实指违反各派哲学理论及引证错误。藏本一词异,义同。

进行了〔名为〕一切人的祭祀，而且〔他们〕是以毫无瑕疵的行为为其装饰的。”①(177)

“这人虽然没有行过系线礼，却已从师学了《吠陀》；天然纯洁的水晶原不需要加工(礼)啊。”②(178)

这一切违反有时由于诗人的技巧能够超越病而进入德。(179)

〔例如：〕“由于这位王爷的威力，他的园林成为〔披着〕新鲜嫩枝之衣的神树〔所充满〕的地方了。”③(180)

“预兆帝王覆灭的暴风扫荡了七叶树的花枝和迦丹波花的香粉。”④(181)

“因秋千摇曳而颤抖的妇女们的嘴里唱出来的，节奏失去和谐的歌声，更增加了〔她们的〕爱慕者的热情。”⑤(182)

“这个为别离情妇的苦恼扰乱了心神的相思病者竟以为火焰比月光还要清凉。”⑥(183)

“你虽然可量，却又不可量，有果却又无(非)果，你虽是一个，

---

① 这是违反《吠陀》经典规定的例子。婆罗门的本业是祭司，必须每日祭火，才能有举行祭祀的资格。例中所说的婆罗门无权举行这样的重大祭祀而且也不是行为无瑕的人。

② 这是违反法典规定的例子。“系线礼”是上等种姓的儿童到一定年龄必须举行的“礼”。行礼后儿童要在身上加一圣线才取得学习《吠陀》等经典的资格。“加工”一词双关，既是珠宝的加工和修饰，又是从生到死必须举行的一些规定的“礼”的总称。

③ 这是违反“地”而不是“病”反而是“德”之例。说御花园成了天神的花园，是用夸张来赞颂帝王。

④ 七叶树秋季开花，迦丹波树雨季开花，例中所说有时令错误，但诗人为表现敌方国王即将灭亡，指出花的非时开放，暗示不祥，故非“病”而是“德”。

⑤ 节奏不谐的歌反而动人，这是违反“艺”的话，但更强调了情人的迷恋，故成为“德”。藏本略异，义同。

⑥ 火焰比月光还凉，这是违反世间公认事实的，但由此强调了相思的苦恼，故佳。月光是引起并增加相思的热情的，所以使相思病者感觉到更热。

却又是很多，你这以宇宙为形象的大神，我向你顶礼。”①(184)

“般遮罗国的公主〔做了〕般度五子的妻子，又成了贞节妇女的第一名，这正是神意（命运）安排。”②(185)

词（声）的和意义的修饰，各种各样的〔词（声）的修饰〕方法，有容易的，也有难的，还有诗德和诗病，这里（本书）都概括地说明了。③ (186)

通过以上这指明〔作诗〕方法的途径而通晓〔诗的〕德和病的〔人〕能获得顺从〔自己〕的语言的亲近，好像幸福的青年获得顺从〔自己〕的有媚眼的〔女子〕的亲近一样，〔尽情〕欢乐，而且会得到〔诗人的〕名誉。④ (187)

檀丁（杖者）大师著《诗镜》第三章，章名《辨词（声）的修饰及诗病》。此书终。⑤

---

① “量”有“知”义，“可量”指可以由亲证知神存在；“不可量”，既是无限，又是神秘。“有果”指神创造一切，一切皆神所造的结果；“无果”一般指无效、无用，此处别解为“非果”，指神不是任何其他所创造的结果。“一个”是唯一的意思，神独一无二；“很多”，字面是“不止一个”，即多，指神与宇宙为一，一切皆神之一体。这是表面违反“正理”（逻辑）而实际另有含义的话，故不是“病”。原注云：这些话未经任何哲学家说过，故违反正理。这仍是把“正理”当哲学，参看上文第176节注。藏本“有果”“无果”作“有部分（全）”“无部分（缺，不可分）”，较好。

② 诗中所说是大史诗《摩诃婆罗多》中人物。五人共娶一妻，此公主多夫仍算节妇，这违反了经典中不嫁二夫才是节妇的规定。但此乃神（或命运）意。原注云：因五人乃正法等化身，主宰大地（即公主），故有神性。按：原诗未必有此意。藏本一词异，义同。

③ 据原注，“各种各样的”（字面是“奇异的”）指词（声）的修饰，即文学形式的修辞法（谐声、回文），不是意义的修辞法（显喻、隐喻）。藏本微异，义同，缺“这里”。

④ 这节变了格律，参看第一章第104节注。原注把诗的前半再一次与女子联系解释，德本认为不必。

⑤ 章末标题各本详略有异，今折中。藏本缺《诗镜》，章名作《辨难的〔修辞〕与病》（或将前一词作书名《诗庄严论》）。

韵 光

阿难陀伐弹那(欢增) 著

第 一 章

愿摩豆的敌人的,自愿〔化为〕狮子的,其皎洁胜过月光的,能除信神者的苦难的,爪甲保佑你们吧!①

诗的灵魂是韵,这是智者从前相传下来的。另外一些人说它不存在。又有一些人说它是次要的。还有一些人说它的真义不在语言范围内。因此,为了知诗者的衷心愉悦,我们说一说它的特性。② (1)

"智者"即了解诗的真义的人。"诗的灵魂是韵"这句话是从前辗转相传下来的。〔samāmnāta(相传)这个字的意义是〕samyak(正确地)ā samantāt mnāta(各方面背诵学习的)即"展现的"(公开宣布的)。另外一些人说,它尽管显现于知诗者的心中〔实际上〕

---

① 这是照例的卷首颂诗。"摩豆"是一个妖魔,为大神毗湿奴所杀。"摩豆的敌人"即毗湿奴。诗中指的是毗湿奴化为半人半狮的怪物杀死魔王金床的故事。"爪甲"指所化狮子的爪甲。这节颂诗不算在诗体本文之内。

② 这是诗体的纲领,是本文。首先列举争论要点。"真义"指其实质。"知诗者"指作品的听众或读者,特指真能欣赏作品的人,是文艺理论书中的用语,字面是"有心人"意即"知音"。

却仍不存在。不存在论者产生这样一些怀疑：①

这儿（对韵的说法），有些人会说：诗正是以词和义为形体。其中，属于词（声）的美的因素就是谐声等等，是众所周知的。属于义的〔美的因素〕是显喻等等。以音（字母）的连缀为性质的甜蜜等等〔诗德〕也只是〔由此而〕被了解。有些人称为 upanāgarikā（优波那伽利伽）等等的谐声法也不能超出其活动，也在听的范围之内。风格则是指毗陀婆派（南方派）等等。除此以外还有什么韵呢？②

另一些人会说：韵不存在。〔因为它〕脱离了公认的诗的范围，杀害了诗的类型的诗的本性。只有使知诗者愉悦的词和义构成的〔作品〕才是诗的特征。在脱离了上述范围的道路上，它（诗的特征）不会出现。而且，即使指定了承认那种信念的（承认韵的）〔才算是〕知诗者，说有韵的才是诗，并且成为流行的〔说法〕，也没有得到所有的学者衷心接受。③

---

① 这是依照作注的体裁论述，对本文作讲解。注的作者与诗的作者是否一人，古代注释者未说明，今人有争论：可能阿难陀伐弹那（欢增）是作注者而诗是更早的产物。解释“相传”一词，用了文法家的析词方法，这是古代印度通行的方式。仿佛我国古人的“仁者人也，义者宜也”，和以“六书”解字，但他们自有一套格式。参看第 4 页注②③、第 13 至 14 页第七章开头。

② 这一反对意见的论点是：诗的美即在于其形式，由修辞手法等等而显现。“甜蜜”等即诗“德”，见《诗镜》第一章；后来的说法虽有不同，但都与形式（包括词和义）有关。upanāgarikā（优波那伽利伽）是谐声法诸格式之一的名称，是用所谓甜蜜的音来谐声的。“风格”是指修辞着重点不同的派别。“南方派”等亦见《诗镜》第一章。印度古诗是要吟诵的，不是看的，所以说不离词和义即“在听的范围之内”。

③ 这段是一层进一层否认“韵”的又一论点，但只提出辩论中反对的一方的说法。据新护的解释：首先是主张有“韵”的人说，就算是诗的美在其形式之中，但“韵”不是以词和义为特征的，不是美的因素（按：大概指它是美的本身），也不是附属于诗“德”和“修饰”的。于是对方反驳说，这样，诗就与音乐舞蹈都一样，脱离了诗的语言特点了。诗虽是使知诗者愉悦的，却又必由词和义构成。但是，持“韵”说者又进一步说，承认有“韵”的才算知诗者。于是对方再反驳说，这并未得到所有的学者的公认。

又有些人用另一种说法否认韵的存在。〔他们说:〕以前并没有人说过韵。〔它〕既没有超出可喜的性质,它就包括在已经说过的美的因素之内了。这不过是把其中之一加上一个前所未有的名称的说法而已。①

此外,由于语言的说法无限,著名的规定诗的特征的人在某处有未加说明的细节分类,于是,"韵啊,韵啊",就使冒充知诗的人眯缝着眼跳起舞来了。这里,我们不知道〔是什么〕原因。成千上万的其他的大人物宣说过,而且还在宣说,〔许多〕修饰方式。从未听说他们有这样的情形。因此,韵不过是一个空洞字眼而已。不可能发现它有任何经得起反驳的真理。②

同样,还有人作了下面这首诗:③

> 若一首诗中没有任何带有修饰的,使人愉悦的内容;又不是由完美的词句组成;还缺乏美妙的说法;愚人却高兴地称赞说,这诗里有韵;但当智者问他韵的特性时,他说什么?——"我们不知道。"④

"又有一些人说它是次要的,"〔即,〕另一些人说,名为韵的诗

① 这是第三个否认"韵"的论点。如果持"韵"说者承认"韵"是美的因素,则不过是把前人分析的美的因素加以别名而已。"可喜的性质"即指美。

② 这是根本否定有所谓"韵"的总结。指出主张"韵"的只是乱说一通空话,并无道理,也没有新意。新护在注中总结说:若"韵"作为美的因素,则不能出乎诗"德"及"修饰"之外;若出乎其外,则又不能是美的因素;而作为美的因素,也没有值得重视的意义;因此不过是空话。

③ 新护注说:下面引的诗是著者的同时代人摩诺罗他所作。

④ 诗中第一点说意义的"修饰",第二点说词的即字面的或声音的"修饰",第三点说诗"德"等等。总起来是说:若这三样都没有,即没有形式的美,又从何而能有"韵"?"韵"没有单独的存在,没有自身的特点,所以实际是不存在的。"美妙的说法"原词是"曲语",但此处并非作为专门修辞术语用,只指兼词与义的"修饰",故不译为"曲语"。

的灵魂是次要的析义。①

虽然规定诗的特征的人并没有提到韵这个词而宣布为次要析义或〔德与修饰的〕其他一类,但是指出了诗中有非主要的析义存在,〔这就〕稍微接触到了韵的说法,可是并没有加以说明。——由于这样的考虑就说:“又有一些人说它是次要的。”②

还有一些人怯于指明〔韵〕的特征,便说,韵的真义不在语言范围之内,只能由知诗者心中意会。③

“因此”,既有了这样的一些不同意见,“为了知诗者的衷心愉悦,我们说一说它(韵)的特征。”

〔上面这句话说明著作的目的:〕韵的特性〔是〕所有真正诗人的诗的秘密,非常可喜,很久以来规定诗的特征的人的微薄的智慧从没有加以揭露,而且在《罗摩衍那》《摩诃婆罗多》等等被考察的〔诗〕中处处有鲜明的应用。但愿在认识了〔这一点〕的知诗者的心中,欢喜能得到长远稳定的地位。〔为了这个目的,下面〕说明〔韵的特性〕。④

这儿(既然如此),为规定将要开始解说的韵的基础,便说:

---

① 以上结束了否定“韵”的第一种反对意见,现在说第二种反对意见。“析义”是文法术语。“次要的析义”指字面以外的第二个意义,即引申的或转借的意义,即“内含义”。参看第62页注②。

② 第二种反对意见是说:前人说过诗中除已经标明的一些条件之外还有非主要的“析义”,所以“韵”可以包括在内;可是都没有加以说明。因此这种说法仍是否定“韵”的。

③ 这是第三种反对论调。照新护注说,这三派意见中,后者皆胜于前者。第三种说法是本书作者照他自己的解释就可以同意的,见本章末尾。

④ 这一段是解说前段所引诗句本文;原文只一句,现分开译为三句。新护注说,这里的有些词针对着前面的反对者的话,如,说“所有”即非“细节”,说“非常”即非“次要”等。诗本文说的“愉悦”在说明中改为“欢喜”。后一词既是一些哲学家所说的最高境界,又是著者的名字(“阿难陀”即“欢喜”),用语双关。这里把一般说的印度两大史诗都列为诗,这是《韵光》的一个值得注意之处(书中后文亦同)。一般只提《罗摩衍那》,因为另一史诗内容庞杂,不完全是文学作品,更近于“往世书”一类著作。

知诗者所称赞的意义被确定为诗的灵魂。相传它有两类，名为字面〔义〕和领会（暗示）〔义〕。① (2)

诗的灵魂，好像美丽可爱的身体的〔灵魂〕，作为〔其中的〕精华，即为知诗者所称赞的意义，有两类：字面义与领会义。

其中，名为字面义的〔意义〕已经由其他人以显喻等等类型各种各样地分析过了。②

〔所谓其他人即指〕规定诗的特征的人。③

因此此处不加详论。④ (3)

只在适当的（必要的）地方重复说说。⑤

可是领会义，在伟大诗人的语言（诗）中，却是〔另外一种〕不同的东西；这显然是在大家都知道的肢体（成分）以外的〔不同的东西〕，正像女人中的（身上的）美一样。(4)

可是领会义，在伟大诗人的语言中，是与字面义不同的东西。这是知诗者所熟知的，在大家都知道的修饰了的或则被了解的肢体（成分）以外的，正像女人中的美一样。正好像在女人，在美的方面〔有一个〕单独被看到的，在所有肢体以外的，某种不同的，成

---

① 这是本章中第 2 节诗体本文。被领会的意义，即暗示的意义。显然，所谓"韵"主要在于意义。"字面义"直译是"说出的"，"领会义"直译是"被了解的"。关于这一说法参看第 67 页注③。

② 这是第 3 节诗体本文的前四分之三。

③ 这句是插进诗中的解说。

④ 这是第 3 节诗体本文的后四分之一。此处点明本书不是一般论修辞为主的理论书，而是探讨诗的特性即所谓"韵"的专题论著。

⑤ 这是散文部分的补充说明：本书在必要时也附带谈到形式方面问题，但只随大家说说，并无创见。

为知诗者（内行）眼中甘露的，另外的〔东西〕；这一意义就是这样。①

意义有字面义的力量所指出的，仅指内容的，以及修饰和〔诗〕德等等，由各种分别而不同，将在以后表明。在所有这些方面，它（领会义）都与字面义不同。例如，首先一种分别就是与字面义距离很远。这有时是在字面义〔表示〕应当做的形式下〔反而表示〕禁止的形式。② 例如：

“虔诚的人啊！放心大胆，随意走吧！那只狗今天被戈达河岸树丛中住着的狮子杀死了。”③

有的是在字面义〔表示〕禁止的形式下〔反而表示〕应当做的形式。例如：

“婆婆在那边躺下。我在这边。你仔细观察白天。客人啊！夜盲者啊！可别躺到我床上来。”④

有的地方是在字面义〔表示〕应当做的形式下〔表示〕怨艾的

① 这是对第4节诗体本文的解说。显然著者以为诗中之美与女子之美一样，都是与其成分或肢体不同的另一种东西。新护注说，美是超乎这些的；尽管一个女人肢体没有缺陷而且妆饰得很好，她仍然不见得有美。可见著者首先要指出，过去诗论家所说的修辞手法以及所谓诗“德”等都只是形态方面的，即属于字面义的，而美则在此以外。“义”即意义，又可指事物，但诗中又明用“东西”一词，指出美是确有其物，即诗中“被领会的”亦即所暗示的意义。

② 从这儿起列举各种“领会义”与“字面义”不同的例证。新护在注中开始大加发挥。

③ 这诗原文是俗语，不是梵语。诗意表面说狗已死不必怕了，但狮子实比狗更可怕，所以是表面鼓励而实际禁止。照新护的注和解说他的注的《疏》的议论看来，这里面似还隐含着艳情意义。

④ 这诗原文是俗语，是俗语诗集《七百咏》中的一首，但据本书校刊者在脚注中所引，词句略有不同。原书第七卷第六十七首中，“你仔细观察白天”作“所有的个人都在那边”。新护注认为“我床上”中的“我的”俗语原词应是复数，故意义是“我俩的”（梵语双数），并说这样才更隐蔽，免得婆婆生疑心。《诗光》第五章及《文镜》第一章也引此诗为例。

形式。例如：

“去吧！只让我单独一人悲叹哭泣吧。可别〔因为〕没有她，你这个无礼貌的人也产生了〔悲叹哭泣〕。”①

有的地方是在字面义〔表示〕禁止的形式下〔表示〕怨艾的形式。例如：

“我求你消消气。回来吧！〔你这个〕脸上月光能消除黑暗的〔女人〕！你还给其他赴幽会的女子造成障碍。绝望的〔女人〕啊！”②

有的地方〔它〕以与字面义不同的内容（对象）表达。例如：

“看到了爱人的受伤的嘴唇，谁会不生气呢？专爱闻有蜜蜂的莲花的女人啊！阻挡不住的女人啊！现在你就忍耐吧。”③

其他像这样一类的与字面义不同的领会义还有种种。〔这儿〕只指出其中的一点以见一斑。与字面义不同的第二类以后再详细论述。④ 至于第三类，即以味等为特征的，由字面义的力量指出，但不是只与表面见到的〔表达〕词的内容的字面义不同。因为所谓字面义〔可以分为，〕或则是由词的本身所表示的〔意义〕，或则是以表明别情等（产生味的条件等）为主的〔意义〕。就前者说，

---

① 这诗原文是俗语。这是一个女子对另有所欢的情人说的话。“礼貌”专指心里不爱而表面敷衍，是《欲经》一类书用的术语。

② “回来”即“不要去”，所以算是禁止。新护注说，这诗是一个刚回家来的女子发现丈夫爱了别人便要再走时，她的丈夫（或另解作她的女友）说的话。“还”指不仅对她自己，而且也对其他女人；若是丈夫说的，便连他也在内。

③ 新护注说，这是一个被情人咬伤嘴唇的女子的女友说的话，她故意装作没有看见她的丈夫，替她掩护；明对女说，实对男说。《诗光》第五章中亦引此诗。

④ 上面引例说明的是第一类，即只就内容而言的；第二类涉及“修饰”形式，较为繁多，在第二章中详论。此处下面说第三类，即与“味”有关的。

若缺了词的本身所表示的〔意义〕,味等的领会就没有着落了。但它们(味等)并不是处处都依词的本身所表示的〔意义〕。即使是那样(依词的本义),这些(味等)的领会也是由于以表明特定的别情等为主的〔意义〕。它(这一领会)仅仅是由词的本身复述,而不是由它创造。因为在另一情况下它(这一领会)就不见了。仅仅有艳情等词而没有表明别情等的诗中,就一点也不能领会其有味。因为味等的领会只是由于词的本身以外的特定的别情等;若只由词的本身,则没有〔味等的〕领会。因此,味等只由于与本文不同的〔词和义而得到〕所说内容的力量所加的性质;绝不是所说内容〔本身〕。这样,第三类也是与字面义不同的,〔由此可以〕确定了。至于似乎与字面义一起〔得到〕的领会,将在以后论述。①

诗的灵魂就是这种意义,正如古时那位最初的诗人的由一对水鸟的分离而引起的悲伤〔化〕成了一首〔颂体〕诗。②(5)

由种种所说(义,字面义)和能说(词)的广泛组合而〔显出〕美的诗中,正是这种意义成为其精华。"正如""最初的诗人",即蚁垤仙人,〔见到〕一只水鸟因同伴被杀的死别而悲啼〔时〕产生悲伤,〔这种悲伤〕化成了一首颂体诗。悲正是悲悯〔味〕的常情。③

---

① 这一大段主要为论证诗的产生"味"(情调)也不是由于"字面义",而是需要有暗示的"领会义"。这也要在第二章中分析。"味"等与"别情"等是由《舞论》建立而为诗论家所公认的(尽管分类及解说有所不同)。"艳情"是"味"之一种。

② "最初的诗人"即第一位诗人,指史诗《罗摩衍那》的作者蚁垤仙人。他看到一个猎人打死相亲相爱的一对水鸟中的一个,便脱口而出吟了一首诗("输卢迦","颂"体),以后他就用这首诗的格律创作了那部史诗。这史诗被认为是有文学性质的诗的第一部——"最初的诗",成为以后的诗的典范。

③ "悲悯"是"味"的一种。"常情"即这一"味"的固定的必需的感情状况。这是说明,蚁垤仙人的诗中有了"悲",因而产生"悲悯"的"味",而这些都是由诗中词的"领会义"而来。

领会义在说明其他类时已包括在内，即以味或情为主〔的领会义〕，因为〔它是〕主要的。①

> 伟大的诗人们的语言（女神）滴洒着（流出）美味的，〔上述〕那种意义和内容，显现出与世间不同的，闪闪耀目的，特殊才能（光辉）。② （6）

伟大的诗人们的语言，滴洒着那种内容即真义，显现出与世间不同的闪闪耀目的特殊才能。③ 由于这个（特殊才能），在有着形形色色诗人的世世代代的这世间，〔只有〕迦梨陀娑等两三个或五六个〔诗人〕被认为是伟大的诗人。

这也就是另一种领会义的真实存在的证明。④

> 它（领会义，韵）不能为仅仅具有词和义的学问〔一方面〕知识的〔人〕所知晓，而只能为懂得诗的意义的真义的〔人〕所知晓。⑤ （7）

因为这种意义仅仅能为懂得诗的意义的真义的人所了解。如果这一意义只有字面义的形式，那么，只由于对所说（义）和能说（词）的形式的认识就可以理解它了。所以，这种意义不在仅仅用功于所说（义）和能说（词）的特征而对诗的真实意义掉头不顾的〔人的理解〕范围之内，正好像音调和变调等〔音乐〕特征〔不在〕

---

① 这是说，说到“味”等即表示了以“味”等为主的“领会义”。“其他类”指与“内容”及“修饰”有关的。凡有主从关系的，说到其一即知其二。“领会义”既是诗的灵魂，提到其他，它就包括在内。

② “与世间不同”指精神方面。“语言”一词兼有文艺女神义。“才能”的词源意义是“光辉”，故以“闪耀”形容。

③ 这是注中把诗句照散文词序重说一遍，用同义词改换几个词，作为解释；因此译文中不见区别。这也是注释文体，下仿此。

④ 上面第4节诗说：“领会义是另外一种”，这里注中照应一下作为结束。

⑤ “学问”原为“教导”，指一门学问的传统规定，即课本中的知识。

知道音乐特征而不〔深通〕歌唱的〔人的理解范围之内〕一样。①

〔以上〕这样说明了与字面义不同的暗示义的真实存在，〔下面〕说明它〔在诗中的〕主要地位：

> 这一意义以及适合并有力量显示它的某一词，这两者，词和义，是努力〔认识〕伟大诗人的标志。(8)

暗示的意义以及适合并有力量显示它的某一词，〔这就是说，〕并非仅仅是词。只有这两者，〔即这样的〕词和义，才是伟大诗人的标志。伟大的诗人之成为伟大诗人只是由于善于运用所暗示（义，暗示义）及能暗示（词），而不是由于仅仅编造所说（义）和能说（词）。②

现在，虽然所暗示（义）与能暗示（词）居于主要地位，但所说（义）和能说（词）仍然是诗人首先要采取的；这一说法也是正确的，所以〔著者〕说：

> 正如求光明的人在灯光上面努力〔想办法〕，因为它（灯光）是〔光明的〕工具；同样，重视它（暗示）的〔人〕也努力于所说的（字面的）意义。(9)

正如一个人要求光明，就在灯光上面努力〔设法〕，因为它是工具。因为灯光以外〔夜间室内〕不会出现光明。同样，重视所暗示的意义的人也在所说的（字面的）意义上面努力。由此表明了诗人〔作为〕解说者在所暗示的意义方面的活动。③

为表明所解说的（所说的，字面的）那种〔在暗示义方面的活

---

① “音调”指音乐中的七调，“变调”有二十二种。参看第40页注①。

② 这节说伟大诗人能胜过一般诗人在于他们善于运用暗示，而不是只靠词的表面意义及形式。

③ 这一节说明“暗示义”仍得通过“字面义”，而不是在语言范围之外。《疏》云：“解说者”即说话者。

动〕,便说:①

> 正如句子的意义要通过句义(词义)才被了解,同样,这个内容(暗示义)的了解〔也是要〕先〔通过〕字面义〔的了解〕。(10)

正如句子的意义的理解要通过句义(词义),同样,所暗示的意义的了解也是要先有字面义的了解。②

现在,虽然它(暗示义)的了解以字面义的了解为先〔决条件〕,〔但是〕暗示义的主要地位并不〔因此〕丧失;所以说:

> 正如句义(词义)凭自己的力量说明句子的意义,在〔它的〕活动完成时并不分别显现;③(11)

正如句义(词义)虽凭自己的力量表明了句子的意义,但在〔它的〕活动完成时并不因分开而显现〔为二〕。④

> 同样,那个意义(暗示义)在离开字面义而见到真实义的聪明人的智慧中,立刻就会显现。⑤ (12)

---

① 此句中译者加的说明是依据《疏》的解释。

② 所谓"句义"即一个词的意义,但"句义"也常指一事物,在哲学上又称为概念或范畴。这里所说"句义"实指词义,而"句子和意义"才是指联结若干词的句子的整个意义。"句义"是玄奘直译的术语,今袭用。

③ 这节诗应连下一节诗读。中间插入的散文是解说。

④ 这段意思是,一个词义并不因为它要表明整个句子的意义而分为两个。"活动"即指它的表明整个句子意义的作用。"句义"自己的独立存在并不因为它传达别的意义而受影响。一些词连缀起来表达一个句子的意义;全句的意义由各词的意义集合而生,却又有区别,并不是简单的积累;所以各词在句中除表达自己的"句义"外,还表达了显现整个句子意义的部分作用,但词并不因此而变为两半。这是弥曼差派哲学家的一个论点。此处引以证词义的两重性。参看第67页注③。关于部分与全体的关系问题,佛教哲学中也有讨论,因为这与"有我""无我"有关。参看第54页注⑦、第69页注②。

⑤ 这是说明一词两义互不相妨。"仁者见仁,智者见智"。

这样说明了与字面义不同的所暗示的意义，再回到本题说①：

若其中的意义或词两者将自己作为次要而显示出那个意义（暗示义），这一种特殊的诗就被智者称为韵。② (13)

若其中（诗中）某一所说（字面的）意义或某一能说的词〔两者〕显示出那种意义（暗示义），这一类的诗〔就称为〕韵。由此说明了，韵的范围是从〔作为〕所说（义）与能说（词）的美的因素的显喻等以及谐声等分别显现出来的。至于说："脱离了公认的范围，伤害了诗的本性，〔这种〕方式的韵不存在。"那是不对的。③因为它（韵）对于仅仅规定〔诗的表面〕特征的人不是公认的（众所周知的），可是仔细考察一下〔特征〕所显示的〔内容；就知道〕只有它才是使知诗者内心愉悦的诗的真义。④ 与此不同的就是彩诗，以后再加说明。⑤ 至于说："既没有超出'可喜'的性质，它就包括在已经说过的修饰等方式的范围之内。"那也是不正确的。⑥ 只依靠所说（义）与能说（词）的范围中怎么能包括那依靠所暗示（义）与能暗示（词）而定的韵呢？所说（义）与能说（词）的美的因素只是它的部分，而它则正是整体的形式，因为〔它具有〕正要被表明的性质。⑦

---

① "本题"指开头提出的"韵"。

② 到此，诗体本文已得结论；散文解说和新护的注就此大加发挥。

③ 所引反对者的话见第 1 节诗下面散文解说的第三段，用词微异。

④ "特征"即显露在外的，而"所显"即其所显示的内容；此处利用这两个词同源以及"字面义"与"内含义"的关系做说明。

⑤ 照这一派的说法，诗有三种：一是以"韵"为主的，一是以"韵"为次要的，一是无"韵"的，《韵光》称之为"彩诗"，指其只有文辞之美。《诗光》把这三种列为上中下三品。本书第三章论这种"彩诗"，故说"以后"。

⑥ 所引反对者的话见第 1 节诗下面散文解说的第四段，用词微异。

⑦ 此处又利用"部分"（支）与"有部分的"（体）二词说明。各种美的因素都是整个美的附属部分，而内容所暗示的美则是整体，因为各具体因素都是表明它的，而它则是被表明的，所以它不能包括在表明它的那些"部分"手段之内。整体由部分集成，却又与各部分有别。参看第 49 页注④、第 69 页注②。

这儿有一首附加的诗：

“由于与所暗示（义）及能暗示（词）相联系的结合，韵如何能包括在所说（义）及能说（词）的美的因素之内呢？”

可是，若其中（诗中）被领会的意义没有明显地被领会（了解），它应就不属于韵的范围；若其中有了领会（了解），例如在暗说、反说、未说因殊说、转说、藏真，灯喻、错杂的修饰等等中，那儿就该包括韵在内了。① 为了驳倒〔上面〕这一类的〔论调〕，所以说：“将自己作为次要”，或则是意义把本身当作次要，或则是词把所说的当作次要，而在其中显现出另一种意义，那才是韵。它怎么能够包括在〔上述〕那些〔修饰〕之内呢？韵〔必须〕是以暗示义为主的。它不能存在于暗说等等之中。暗说例如：

“当月亮以浓厚的颜色刚一捉住星光闪烁的夜的初临，她（夜）就由于颜色让东方的黑暗衣衫完全脱落，再也看不见了。（黄昏时，皎月乍升，星光闪烁，暮色苍茫，夜的黑衫完全降下，一切都隐入暗中。）”②

在这类〔诗〕中，字面义是主要的，一望而知，〔但是后面还〕紧

① 所列举的都是带暗示性的修辞格式。下文即逐一辨明其非“韵”。“暗说”是以一语双关两层意思。“反说”是把不便说出的意思用否定（禁止）的形式表示出来。“殊说”是有一般原因而无其结果（另有真实原因），“未说因”是其中一类。“转说”是把意思用另一种方式表达出来。“藏真”是故意否定所比喻的事物反而肯定比喻。“灯喻”是把比喻和所比喻的以一个共同点连在一起。“错杂”是同时用了两种以上的修辞手法。下文还有“以宾说主”，这是描述非主要的现象以显出主要的意图。

② 这是利用双关语作的暗语。为表现原诗情况，照字面直译，故晦涩难解；诗后括弧中是诗的表面意义的意译；诗的暗含的另一意义是描写赴幽会的女子。就另一意义说，则“颜色”是爱情，“星光”是眼睛，“捉住”是抱、吻，“初临”是嘴，“黑暗”是黑色，“东方”是前面或面前，“看不见”又是不知不觉。“夜”是阴性，即女子；“月”是阳性，即男子。词义换了以后，诗的意义显明，无须再译。

随着〔非主要的〕暗示义，因“黑夜”和“月亮”上面加了男女的行为，〔显出了〕句子的意思。在反说中，虽然加上了某一暗示义，仍然只有字面义的美；句子的意义主要是由于反说的力量而被了解。因为，在那儿，为想说出某一特殊〔内容〕而在字面上〔加上〕禁止的形式使成为反说（加上去），这正是以加上某一特殊暗示义为主的诗的形体。字面义和暗示义中，〔作者〕所愿说的主要〔东西是什么，要看〕美的〔更〕高的地位安排〔在哪一方面〕。① 例如：

“〔尽管〕黄昏有红色，白天在前面，然而〔两者仍〕不相会，唉！命运的安排啊！”②

这儿，虽有暗示义的了解，但字面义的美有〔更〕高〔的地位〕，所以它是〔作者〕所愿说的主要的〔东西〕。

正如在灯喻、藏真等等〔修辞手法〕中，虽凭暗示义可以了解比喻（显喻），但不是〔作者〕所愿说的主要的〔东西〕，故不以它（显喻）为名；这儿（反说）也是如此。至于未说原因的殊说，则例如：

“尽管被同伴们呼唤，答应了‘是’，解除了睡意，想到要走，但是〔这〕旅客仍未放松瑟缩（迟疑）。”③

这类〔诗〕中，由于情况的力量仅可了解〔它的〕暗示义。但不

---

① “反说”一词的词义是“加上去”，故做这样的解释。用意与前例相同，仍说明这类修辞手法中“暗示义”不占主要地位，所以不是“韵”。这类解说中利用了词源和构词的特点。“所愿说”即诗人的用意。这词的另一形式被用于区别“韵”的两类的术语中，译为“旨在”，见下文。这里未当作术语，只译为“愿说”“想说”。下同。

② 这诗仍是利用双关语说男女难以见面。“黄昏”是阴性，指女；“白天”是阳性，指男。“红色”又是爱情，“在前面”又是在面前，“相会”又是幽会。《诗光》第九章中亦引此诗。

③ 这诗是只说结果未说原因之例。新护的注中引前人之说，认为原因是怕冷；但又说，也可解为梦中见情人比去见面更快，所以不愿起来。

因此了解而具有任何美的表现,〔因此它〕不占主要地位。〔至于〕转说,如果〔其中〕暗示为主,那么应当说它是包括在韵之内,而不能说韵是包括在它里面。因为它(韵)的范围较大而且是包括部分的〔整体〕,是要被表明的〔内容〕。可是在类似婆摩诃所引的转说〔的诗例〕中,暗示义都不是主要的。那里面字面义没有成为附属的,因为〔暗示义〕不是〔作者〕所想说的〔美的主要方面〕。① 至于藏真、灯喻之中,字面义是主,暗示义是从,〔这〕是大家都知道的。〔至于〕在错杂中,当〔一种〕修饰对另一种修饰的影子(含义)有利时,由于没有想说出(用意不是)暗示义为主,便不属于韵的范围;而两种修饰都出现时,则字面义和暗示义都是主要的。再者,由于字面义成为次要的,暗示义寓于其中,这时它(错杂)才属于韵的范围,而绝不能说它就是韵。照〔上面说的关于〕转说的道理〔即可推知〕。还有,在错杂中,有时错杂的说法就把韵的出现取消了。② 至于在以宾说主〔的修辞手法〕中,若是由于共相与殊相的性质(关系)或因与果(有因)的性质(关系),所说出的宾(非主题)与所了解(意会)的主(主题)相联系,那么,所说出的与所了解(意会)的(未说的)同样都是主要的。若是所说出的共相的宾与所了解(意会)的有关主题的殊相相联系,那么,尽管有了所了解(意会)的殊相,由于它与共相的不可分割的关系,共相仍是主要的。若是殊相寓于共相之中,那么,在共相为主中,由于一切殊相皆在共相之中,殊相乃是主要的。在因与果一方面可以照此道理〔推知〕。若是在仅由于同相的力量的以宾说主中,非本题与本题相联系,那么,所说出的宾(非主题)的同相,由于〔是〕主要的,便属于不是想说出的(非旨在所说义)韵的〔范围〕以内了。其他

① 婆摩诃是大约七世纪的文学理论家。注云:此处所指的他引的例子见《诗庄严论》第三章,是黑天说的话:"在家中,在路上,我们都不吃饭,因为有学问的婆罗门都不吃。"这里以转义暗含不吃敌人下毒的食物之类。

② "错杂"是两种以上修辞法交错,又分几类,故反复分析如此。

修饰也依此类推。[1] 此处有这〔样一首〕提要〔的诗〕:

"若其中暗示义不过追随着字面义,而不居主要地位,那儿就是暗说等等明显的字面义的修饰。

"若其中暗示义只是表面显露,又追随着字面的意义,或则不见它占主要地位,那就没有韵。

"若其中词和义只以它为主,暗示义居于可喜的地位,那才是应当承认的韵的范围,而不算错杂。"

因此,韵不包括在其他之内。从另一方面说,〔它也〕不包括〔在其他之内〕。因为韵〔作为一种〕特殊的诗是〔一个〕整体(包括各部分的整体)。各部分单独都不能成为整体,〔这是〕大家都知道的。不单独存在正是它(部分)的〔作为〕它(整体)的〔一个〕部分的性质。〔它〕并没有真实意义(整体的性质)。即使那儿有真实意义(整体的性质),由于韵的范围广大,也不〔能具有〕包括〔韵〕在内的性质。"智者称为"[2]说明这一说法是学者的创见,不是无来由的流行〔说法〕。最先的学者就是文法家,因为文法是一切学问的根源。他们把韵(音)〔这一词〕用在听到的〔字母〕音中。同样,遵从他们意见的其他学者,指出诗的真实意义〔时〕说,所说(义)、能说(词)混合的词的灵魂,〔就是〕"诗"一词的含义,由于与能暗示(词)的性质相同,称之为韵。〔若认为,〕这样的韵的〔下两章中〕将说的一些分类及其各类的集合对〔这一〕大题目所做的解说,与仅仅说明冷僻的特殊修饰相等,〔而说这就是〕受他们影响的人的匆忙的结论;〔这是〕不正确的。更不必说去揭露他们的为嫉妒所污的心灵了。[3] 这样,韵不存在论者〔的论点〕都

---

① 以上这一大段议论主要是说明所谓"韵"不能包括在有暗示性的修辞手法之内。在当时,这些修辞手法是文人所熟悉的,分析方法是哲学中常用的,论证方式是依照逻辑格式的,但现在看来,这种专门的讨论不免隐晦而且烦琐。故不多加解说,只求能见其主要用意。下仿此。

② 以上论证已完,又引第 13 节诗中的话,继续解说,并驳斥反对者。

③ 这些话是回答前面引的对方骂的话(见第 1 节诗下说明中)。

答复过了。

〔确实〕有韵。它一般说来分为两类:〔一是〕非旨在所说义,〔一是〕旨在重它所说义。①

第一类的例子:

"三种人能获得遍产金花的大地:英雄,学者,和会侍候的人。"②

第二类的例子:

"他在哪座山上,用多长时间,修炼了什么名目的苦行,女郎啊!使〔这〕小鹦鹉能啄到你的〔像〕嘴唇〔那样〕红的频婆果啊!"③

至于说韵就是次要意义〔这一点,现在〕加以说明:

这韵和次要意义不具有同一性,因为体性有别。④

"这韵"即上述情况的〔韵〕,与次要意义不具有同一性,因为体性有区别。其中以所说(义)与能说(词)着重表明与字面义不同的意义,以暗示义为主,〔这才是〕韵;而次要意义只是附属的。

---

① 这两个术语名称本身就指出其特点,所以照字直译。"旨"原词是"想说的"。"非旨在所说义",是说诗中用了词的"内含义",由此得出暗示,所以这也就是"以内含义为主的暗示(或韵)"。"旨在重它所说义"中所谓"重它"的"它"即暗示。这是说诗中用了词的表示"字面义"的方面,但所着重的却是以此暗示,所以这也就是"以字面义为主的暗示(或韵)"。这一分析为后来的论者所继承,《诗光》第四章与《文镜》第四章中的分类都依此。这两类下面还有许多细致分类。

② 此诗见大史诗《摩诃婆罗多》第五篇第三十五章,又见《五卷书》第一篇。诗中的"金花"不照本义解,所以是用的"内含义"而由此暗示可得富贵,因而属于第一类的"韵"。

③ 这首诗并未注重"内含义"而就是用字面的本义,但着重的是"几世修来的福气",因而属于第二类。诗明指鹦鹉暗指人。

④ 这是第14节诗的前半。前面第1节所说"韵是次要的"一点,论据是:词的意义有三种,字面义、内含义、暗示义。内含义说为次要意义,这就是韵,因此韵是次要的。参看第62页注②。

〔为了使人〕不要把这〔韵〕当作次要意义,〔下面接着比较〕说韵的特征:

由于〔次要意义的范围〕超出和不及,这韵不由它(次要意义)显出〔与它相同的特征〕。① (14)

韵也不由次要意义显出〔特征〕。怎么样? 由于“超出”和“不及”。这儿,“超出”〔指的是〕在没有韵的地方仍会有次要意义。因为没有由暗示义造成的很大的美好之处,那儿也可以见到一些附属的词义而获得明显成功的诗人。例如:

“〔床的〕两边因为接触到丰满的乳房和臀部而枯萎,〔床的〕中间因为碰不到纤细的腰肢而依然青绿,这荷叶床铺由于懒洋洋的嫩臂的挥动挣扎而散乱,〔它〕说出了那苗条身材的〔女郎的〕焦灼。”②

又如:

“情郎被抱一百次,被吻一千次,略事休息又被寻欢作乐;〔一点〕不〔觉到〕重复。”③

又如:

“〔或〕嗔怒,〔或〕平静,〔或〕泪流满面,〔或〕喜笑颜开,荡妇们不论怎样〔被情郎〕捉弄,都迷惑〔他的〕心。”④

又如:

“情郎用嫩枝在〔最小的〕妻子的乳边轻轻敲打,〔这〕在〔其他〕妻子的心上却成为难以忍受的(沉重的)〔打击〕。”⑤

---

① 这是第 14 节诗的后半。“内含义”原词是lakṣaṇā和lakṣaṇa(特征)、lakṣyate(显出,被看出)出于同一词根,所以这几句话这样利用词源解说。“超出”和“不及”是哲学上逻辑推理用语,指范围的不一致,不周延。

② 这诗是七世纪戒日王喜增的戏剧《瓔珞传》中第二幕第十二诗。《诗光》第八章也引此诗作为“显豁”的诗“德”的例子。这是国王见到女主角睡过的荷叶床铺推测她患相思病的情景时说出的话。参看第 66 页注④。

③④ 这诗原文是俗语。

⑤ 这诗原文是俗语。古印度的多妻制中往往不分妻妾。

又如：

“为他人忍受痛苦而破碎，它的变化却被公认为甜蜜，如果它（甘蔗）被种错了土地而不能生长茂盛，那难道是甘蔗的过失而不是品质坏的沙漠的〔过失〕吗？”①

这儿（诗中），在甘蔗方面〔用的〕“忍受”一词〔是用其内含义，即由人的方面引申借用的非字面的直接意义〕。像这样的〔情况〕绝不能属于韵的范围。

因为，

词表示出除了用说（韵）便不能〔表达〕的美，有着暗示，便属于韵说的范围。② （15）

这儿，在上述的例中，没有词是除了用说（韵）便不能〔表达〕的美的表现因素。③ 而且，

“美”等流行的词应用在与本身〔意义〕范围不同的地方，并不能成为〔表达〕韵的字。④ （16）

---

① 这诗是以甘蔗比喻善人。

② 这里用“说”“韵说”表示以暗示所谓“韵”为主的词，以与词的其他几种意义和作用相区别。

③ 上述例中所用的带有暗示性的词都是引申来用的，即借用的，即用所谓“内含义”。如前引几首诗中，第一例的“说出”用在荷叶床上；第二例的不“重复”（本义是“重复说”）实际指的事确是重复；第三例的“捉弄”（词义是“捉住”“接受”）与“迷惑”（词义是“夺走”），第四例的“轻”与“难以忍受”（沉重），意义似乎矛盾；第五例的“忍受”用在甘蔗方面而不说是人。

④ 这就是指上面所举的例中用词的引申、借用等等“内含义”。有些词在上下文中，照字面上的本来意义说不通，但稍一引申就可以了解。作者认为这不是“韵”。“字”是文法上用以指词的术语，此处用来以防与“词”（其中包括几种意义）混淆，正如上一节诗中用的“说”其实也只是指表达“韵”的词。“美”等是举例。此处的“美”是Lāvaṇya，本出于Lavaṇa（盐），意义是“咸味”，而经常应用的意义又指“美”。例如用这词不指海而指人，即用在与本义范围不同的对象上，照“咸味”说就不通，就要解为“美”。为解说“等”，新护注中还举了 anuloma（“随毛发”，顺）和 Pratikūla（“对岸”，逆）为例。“流行”也是文法术语，指通行意义，与根据词源的意义相区别。“美”“顺”“逆”是这三词的“流行义”，“咸味”“随毛发”“对岸”是三词照构词分析时原义。

〔因为〕在这些〔词〕中〔只要做〕附属的词〔义的〕分析〔就可以明白〕。在这类情况中，有时出现韵，那是由于另外的方式，不是由于这样的词（“美”等）〔的方式〕。[①]

而且，

> 放弃主要的析义，以次要的析义显出意义，以此为目标而得的结果，那词并不跛行。[②] (17)

因为这儿，要显出很美的特殊意义的特征，如果〔用了〕词的非主要〔意义〕，那么就会有毛病了。然而并不如此。因此，

> 次要的析义被规定为由于依靠能说（词），那么，〔它〕怎么〔能成为〕以能暗示（词）为唯一根源的韵的特征呢？[③] (18)

因此，韵是另一回事，而次要的析义又是另一回事。这种〔把次要意义当作韵的〕特征〔又有〕“不及”〔的错误〕。因为韵的旨在重它所说义一类以及其他许多类都不包括在次要意义之内；所

---

① 这说明了作者的用意是要把“韵”和“内含义”区别开来，“韵”只算在“暗示义”一方面。“另外的方式”指“暗示”。

② “析义”指词的分解为三种意义：照字面的（主要的）意义，照内含的（借用、引申等，非主要的、次要的）意义，所暗示的意义。文法家用的典型例子是“恒河上茅舍”。“字面义”是“河上”，“内含义”是“河岸上”，“暗示义”是“宁静、圣洁”（因为是神圣河流旁修道仙人的住处）。“不跛行”指并不因此难懂。参看第59页注④。

③ 词义分为三（字面、内含、暗示）；词也分为二（能说与能暗示）；“内含义”仍不出作为“能说”的词的范围（若独立则是“能含”，词就一分为三），因此与“韵”的依据不同，所以说它就是“韵”就犯了范围太大的“超出”的逻辑错误。以上说明了第14节诗的第一点，以下散文说明中并由此解说了那一节诗中的第二点，即那种说法所犯的“不及”的逻辑错误。

以次要意义不是〔韵的〕特征。①

> 而它又会是某一类韵的附属特征。②

如果〔对方〕说，这次要意义可以成为将要谈到的各类〔韵〕中某一类的附属特征，而且如果〔对方又〕说，韵只是由次要的析义显示出来（以此为特征）；那么，由于〔关于〕词（字面）的分析研究，与它不同的全部修饰都可以显示出来（以此为特征）了，给每一种修饰指出特征都是毫无意义的了；〔这样说就〕陷入〔同样的〕错误。③ 而且，

> 其他人已经定下了它（韵）的特征，我们〔所做的〕不过是〔这一〕方面（派别、主张）的完满论证而已。④ （19）

以前他人已经定下了韵的特征，我们就只做〔这一〕方面（派

---

① 第14节诗前面散文说明中把“韵”分为两类，并举两诗为例。前一类如“遍产金花的大地”可以算是有“次要意义”，但后一类如“小鹦鹉啄频婆果”就不能包括在内了。所以“次要意义”不能算作“韵”，两者的范围不同。

② 这是第19节诗的前半。所谓“附属特征”，就是说，有些（并非一切）“韵”包括了“次要的析义”，“次要意义”。

③ 这个反驳是用类推方法。修辞手法都依据词的“字面义”；在这方面，文法家以及弥曼差派哲学家还有逻辑学家对于词已经做了详尽的研究，但修辞学家（文学理论家）还要不惮烦地一一说明其特征，可见不能把附属的条件作为特征。“次要意义”或“内含义”对于“韵”也是如此。这里又是因为“内含义”及表示“内含义”的词与“特征”出于同一词根的变化，所以纠缠不清，从汉语译文看不出很多道理（参看第60页注①）。以上反驳了把“韵”算作“次要”因而实际否认了“韵”的说法。因为所谓“次要”联系到词的“次要意义”即“内含义”，而这又与“特征”相混，同时这种分析又以文法哲学的理论为依据，依印度逻辑的格式论证，与梵语的特点有关，所以讨论的依据及方式都像是很玄妙；其实这在当时印度学者中却是一种“显学”，是他们的共同语言和辩论习惯。由此可见，“韵”的文学理论与当时的语言学、逻辑学和哲学思潮有密切关系。后来新护大加发挥，更把自己的哲学思想装了进去。不过就其本源说，这一理论的论证依据乃是对于词义的分析，也是从把诗当作“词和义”的特种组合的理论而来的，并非深邃莫测，凭空出现。

④ 这节诗结束了第一章。最后的话照应第1节诗，表示作者想全面论证“韵”，使之成为定论。首先是把反对者驳倒，然后从第二章起进入正面分析。

别、主张)的完满论证,因为“韵存在”就是我们的主张。这是在以前就论证过了的,〔因此我们〕成为不用费力就得到所愿望的东西(目的)〔的人〕。至于那些认为韵的灵魂只是知诗者心中能感到而不可说出的,他们也是一些未经考察就发议论的人。照上面所说的以及〔下文〕将要说的道理,韵的一般的与〔其中各类〕特殊的特征都已经说明了,〔它〕若〔还是〕不可说出的,则一切事物都会陷入那样〔不可说出的情况〕了。但是他们若是用这样夸张的说法来说明韵的超出〔分别开来的〕各类诗的特征,〔那么,〕他们也说得很对。①

《韵光》第一章终。

---

① 本章一开始所说的反对派的意见共有三种:一认为“不存在”,二认为“次要”,即属于“次要意义”,三认为“不可说”。但反驳的话只驳了前两种,没有提到第三种,所以散文说明加以补充。既然已经说了“韵”的特征与大别为二类,下文还要一一分析,那么所谓“不可说”即“不能说出或说明”,当然不驳自倒了。然而“韵”究竟是暗示的,带有神秘性质,所以最后又说,如果由于“韵”超乎各类诗(“韵”为主的,“韵”为次的,无“韵”的),其本质只能意会而难以言传,那么,这并不是否认“韵”而正是说到了这一主张的最后必然归宿,这种“不可说”的说法就同主张“韵”的意见没有矛盾了。这样,在理论上由诗通向神秘主义的大门也就打开了。

诗光

曼摩吒　著

第一章

在开始从事著作时，著者为了消除障碍，默念有关的保护神：①

愿诗人的语言（文艺女神）胜利！她的创造不受主宰力量的规律限制，只由欢乐构成，不依靠其他，具有九种美味。②（1）

大梵天的创造是这样的：形态的主宰力量所制约，以乐、苦、痴为本性，依靠极微等主要（物质的）原因及业等辅助原因，具有六种味，而且这些（味）并不都是称心的。诗人的语言的创造与此不同。因此，它胜利（超过大梵天的创造）。由"胜利"一词的意义可

① 诗句是本文，散文是说明，一般认为两者都是著者所作，也有些注者以为诗句出于《舞论》作者婆罗多牟尼。这是一种著作体裁，与《韵光》《文镜》是一类。实际上散文部分是重要的内容，诗句不过是便于记忆的内容提要。"默念"含有赞颂之意。

② 此处用的"语言"一词又是文艺女神的称号。"主宰力量"或"限制"，指控制世界的力量，一般指命运。"味"有八或九种，见《舞论》。

以推出“敬礼”，即“我向她行礼”。①

此中（本书中）所说（内容，诗）是有目的（作用）的，所以说：

> 诗是为了成名，发财，得实际行动的知识；除灾祸，立即获得最高福乐，以及像情人那样发教训。② （2）

“成名”是像迦梨陀娑等人那样③；“发财”是像陀婆迦等人从喜增王等人〔得到财富〕那样④；〔知识是〕适合于帝王等人的行为的知识；祛除灾患是像摩由罗等人对于太阳神等等那样⑤；〔立刻得到的最高福乐是〕所有目的中首要的一项，是紧接着尝味而兴起的，是失去其他所知的，欢喜⑥；〔像情人一样发教训是说，〕吠陀等经典像君主一样以词句为主〔而发教训〕，往世书等历史传说像

---

① 大梵天是创造之神。这里的说法属于卫世师迦派（胜论）哲学，但也为其他一些派别所承认而加以发展。“痴”一般指不认识本派哲学或宗教所主张的“真理”，即指对于世界的“错误认识”（大都指朴素的唯物主义）。“极微”是世界物质的最小元素，构成整个物质世界的基本点。“业”指动作、行为等。物质基础是主要因素，而形体活动是辅助因素，由此构成活动变化的世界，这是卫世师迦派哲学中带有唯物主义倾向的成分。“六味”指甜、酸、苦、辣、咸、涩，而“九味”却是艳情、悲悯等等，“味”字虽同，意义迥异。

② 这儿列举诗（文学）的六项目的是常为人称引的。印度古人并不讳言作诗的实际目的。七世纪的婆摩诃说，作诗的目的是精通法、利、欲、解脱以及技艺，获得名誉与欢乐。但是九世纪的《韵光》提出以求得“欢乐”为目的，经十世纪的新护解说“欢乐”为欣赏者心中的美感以后，出现了所谓新派。《诗光》出于十一世纪，它陈述诗的目的时受其影响，但仍综合前人所说而不囿于新派。

③ 迦梨陀娑是著名的诗人和戏剧家，《沙恭达罗》剧的作者。

④ 喜增王即七世纪的戒日王。传说陀婆迦是剧本《瓔珞传》的作者，戒日王出很多钱收买了他的这个剧本，至今这剧署名为戒日王喜增所作。不过这个传说的说法不一，陀婆迦没有什么作品流传下来。

⑤ 传说摩由罗患病，作诗百首歌颂太阳神，因而病愈。这诗今尚传，名为《太阳神百咏》。

⑥ 这一条是继承《韵光》及新护之说。其中的“尝味”指得到作品中之“味”，由此说明这是直接的感受；“所知”指一切可能的知识，由此说明这是不经理智分析的；“欢喜”是吠檀多派哲学所说的最高境界，与诗句中的“最高福乐”相应。这一说法已经对文学中的美感做了带有神秘主义的哲学解释。

朋友一样以意义为主〔而发教训〕[①];而诗则由于词和义两者都居于次要地位,由于味的成分的作用成为主要倾向,就与前二者不同,而是擅长于超乎世间的描绘的诗人的工作;它像情人一样,以有味的引导使〔对方〕面向〔自己〕而发"应当照罗摩那样行动而不应当照罗婆那那样"[②]的教训;诗人按照情况对知〔诗〕者(读者、听众、观众)做出〔以上六项作用〕;这正是诗中一定要达到的。[③]

这样说了它(诗)的目的之后[④],便说它的原因:

> 能力,由观察研究世间、经典、诗(文学)等而得的技巧,在学习诗的专家(诗人、文艺理论家)中的操练,这就是产生它(诗)的原因。(3)

"能力"是诗的种子,是特殊的"行"。[⑤] 没有这个,不可作诗;作了也会成为笑柄。"世间"指不动的(植物等)、能动的(动物等)世间活动;"经典"指论述诗律、语法、词汇、技艺、四大事、象、

---

① "吠陀"见第3页注③。"往世书"见第73页注④。这里都不是当作书名,而是作为经典类名。

② 罗摩和罗婆那(十首王,罗刹之王)是史诗《罗摩衍那》中的两主角,分别代表善与恶。参看第50页注②、第73页注①、第74页注③。

③ 这一大段说明的原文是一个长句子。其中前四项讲诗的作用。第五项说,诗的主体是给人一种直接的美的感受,使人能得到像修行、入定、得道那样的"欢喜",即"最高福乐"。第六项说,诗有教育意义,但与经典及历史传说等两类著作不同。吠陀经典是发命令的,说什么就得做什么,所以是以词为主,即以词的表面意义为主;往世书等写传说等等是劝告人的,所以是以意义为主,即以词的内在隐含的意义为主,较为婉转;而诗则借"味"的力最吸引人不自觉地接受教育,所以是以词的暗示的意义为主。这样就把以"韵"为主的理论提了出来。词有三种意义:字面的意义,隐含在内需要引申的意义,暗示的言外之意,即"韵"的依据(参看第59页注④、第62页注②)。《诗光》把这些分别配在三类著作中,又分别以君主、朋友、情人为比方。"超乎世间的"指精神上的活动。

④ 前半句南印度本中没有。

⑤ "能力"指天生才能。"种子"指主要原因。"行"用佛教术语旧译,指前世的影响,生来就有。参看《诗镜》第三章第174节诗。

马、剑等的著作;“诗”指大诗人的〔作品〕;“等”包括了历史传说等等;由于研究这些而得的学问〔就是“技巧”〕。依照善于创作和辨识(评论)①诗的人的教导,在作〔诗〕和缀〔词〕上再三重复进行〔就是“操练”〕。这三者合在一起,而不是各自分开,就成为诗的“产生”即创作和提高的原因。这是一个原因而不是几个原因。

这样说了它(诗)的原因之后,便说〔诗的〕特性:

> 这(诗)就是词和义无〔诗〕病,有〔诗〕德,而有的地方缺些修饰。②

〔诗〕病、〔诗〕德、修饰将〔在以后〕说。③ 所谓“有的地方”是说:〔诗中词和义〕处处都有修饰,但是有的地方尽管没有明显的修饰,也不妨害〔它具备〕诗的性质。例如:

> “那夺〔我〕童贞的人正是〔我的〕丈夫,那些春夜也还照旧,而且那挟着盛开的茉莉香气的、吹拂迦丹波花的、醉人的风〔也还如故〕,我也还是我,可是,〔我的〕心却向往于勒瓦河边,苇丛树底,欢爱的游戏。”④

这〔诗〕里没有任何明显的修饰。由于味居于主要地位,所以〔也〕没有〔具味〕的修饰。⑤

〔下面〕依次说它(诗)的分类:

---

① 此字两本不同,意义相仿。

② 这是第4节诗的前半。诗的“病”和“德”都有具体分析。“修饰”指各种修辞手法。这条定义为十四世纪的《文镜》所驳。见该书第一章。

③ 下文第七章论诗“病”,第八章论诗“德”,第九章和第十章分别论词(字面)的和意义的“修饰”。

④ 这诗是一个女子在结婚后对女友说的话。她回忆婚前初恋的欢乐。印地语注说,这是克什米尔的一位女诗人所作。《文镜》第一章也引这诗,反驳《诗光》的说法。“迦丹波花”等照南印度本一注解释,与《文镜》中所引不同。不过此花在雨季开放,不在春季(原文是相当于二三月的一个印历月份)。

⑤ 如果“味”居于次要地位,则属于一种名为“具味”的修饰;现在诗中以“味”为主,所以连这一修辞手法也不能算。

它(诗)的暗示义超过字面义,就是上品的〔诗〕。智者称之为韵。① (4)

"它"指诗而言。"智者"即文法家,〔他们〕把成为〔词的〕主要〔成分〕即常声形态的,能暗示出所暗示〔义〕的声(词的音)规定为韵。因此,遵从他们主张的其他人也把那使字面义成为次要而能够暗示出暗示义的词义对偶〔规定为韵〕。② 例如:

"乳边失去檀香粉,一点不剩;唇上红脂都擦净;眼圈涂的乌烟完全不见;你的娇弱身躯上汗毛竖起;说谎的女使啊!不懂得亲人痛苦的人!你是刚到池塘洗澡去,可不是到那个

① 这是把词义分为两种,一是字面意义,一是暗示意义。以"韵"为主的诗就是上品。关于词义分析见第67页注③。

② 主张"韵"的一派的文学理论从文法家的理论来。文法家的这种理论也为前弥曼差派哲学家所接受而发展。佛教及其他派哲学也对此争论不休,因为这牵涉到他们的根本教义以及吠陀经典的地位问题。这个争论集中为"声是常"与"声是无常"的对立观点。所谓"声"实即词,亦即语言的基本单位。因为古代印度传统着重口传,所以不重文字之形而重语言之声,"声"与"词"是一个字,即 śabda。文法家的理论是:声音不能停留,连续发出的音必然依次消灭,不可能集在一起保存下来;但是一个词有几个音,词的意义不是任何一个音的,而是这几个音加起来的;那么,听到连续出现又随即连续消灭的一串声音而能得出它们的集体才能产生的词的意义,这应当如何解释?为此,他们提出了所谓 sphoṭa(绽开,突然显露)的学说。sphoṭa 暂译为"常声",指由连续的音所启发显露的本来永远存在的那个词义的单位。显示或揭露这个"常声"的词音则称为 dhvani("韵"),意思也是声音、音韵。例如:ghaṭa(瓶、罐)一词有 gh-a-ṭ-a 四个连续的音,分别都不能表示瓶的意义,但能够连续揭露本来存在的与这四个音都不同的表示"瓶"的"常声",因而听的人能由这些声音的"韵"得出瓶的概念,所以这四个音就构成一个"声"即一个词,而含有瓶的意义。这词与义合成一对("词义对偶")也就被称为"韵"。(参看第53页注④、第54页注⑦)一些文学理论家引申这一点,把由字面意义看不出来而合起来又可以暗示另外的意义的诗也称为"韵"。这一派进而主张,诗的灵魂就是"韵",即必须具备丰富的暗示意义。《诗光》继承《韵光》之说,把"韵"用于两个意义:一是能显示出"暗示义"的"词义对偶",一是以"暗示义"为主的诗。新护在这一方面还有发展,甚为烦琐。《诗光》在下几章中才详论这些问题。

下流人的身边去了！”

这儿，“你到他身边寻欢去了”作为主要的〔意思〕由“下流人”一词暗示出来了。①

暗示义不像这样，就是暗示义次要的〔诗〕，是中品的〔诗〕。②

“不像这样”即〔暗示义〕不超过字面义。例如：

“那女郎一再望那手持新开无忧花束的村中青年，她的脸色〔变得〕非常阴暗了。”③

这儿（诗中），“密约在无忧花亭相会的女子没有来”是暗示义，成为次要的，因为字面义比它更为动人。

有词彩的〔诗〕，有义彩的〔诗〕，即无暗示义的〔诗〕，是低等的〔诗〕。④ (5)

“彩”指有〔诗〕德和修饰的。“无暗示义的”指缺乏能明白体会的〔暗示〕意义。“低等的”即下品的。例如：

“svacchandocchaladacchakacchakuharacchātetarāmbuccha-ṭāmūrchanmohamaharṣiharṣavihitasnānāhnikāhnāya vaḥ

bhidyād udyaludāradarduradarīdirghādaridradrumadrohodre-

---

① 这诗是一个女子责备女使（在情人之间通消息的人，仿佛红娘，是一个公式化的角色）的话。诗中明说女使去沐浴而未去寻欢，实际意思恰好相反。描写女使的情况可以双关。诗中“暗示义”是主要的，所以算是上品的诗。“下流人”一词，南印度本无。

② 这是第5节诗的前半。“暗示义次要的诗”是《韵光》给这类诗的名称。

③ 据南印度本原注之一说，这诗中女子因受家中长辈约束，定了幽期密约而不能赴会，男子失望而去，持花为证，因此女子见了便面容惨淡。

④ “彩诗”“词彩”“义彩”，都是《韵光》中的术语，指没有“韵”的诗。“词彩”是只有谐音等等的美，“义彩”是只有依意义的比喻一类的美；前者着重声音（词）的修饰，后者着重意义的修饰。

kamahormimedura madā mandākinī mandatām!"

（愿恒河迅速打破你们的愚痴！它的洁净的岸边洞窟中，自由激荡的滚滚水流，消除了高兴地在里面进行日常沐浴的大仙人的痴暗；它的岸边洞中跳跃着巨大的青蛙；岸边高大而茂盛的树木倒下激起巨浪奔腾澎湃。）①

"听说那打破〔敌人〕骄傲的〔妖魔马颈〕从自己宫中随意出来了，因陀罗大帝连忙闩上了城门，使〔他的〕仙都（京城）像〔一个女人〕害怕得闭上了眼睛一样。"②

以上《诗光》第一章，章名《论〔诗的〕目的、原因、特性、特点》。

---

① 这是讲求谐声堆砌辞藻的例证。诗中用了许多谐音，堆砌成很长的复合词，只求音调模仿水流，并无多少"韵""味"。两本微有几个音的差异，意义无别。

② 据印地语注说，这是克什米尔的一位诗人的戏剧《诛马颈记》中的诗。马颈是一个魔王，天神之王因陀罗的敌人。这诗是讲求意义的修饰（把天帝的京城比作女人）而无"韵"的例证。

文　镜

毗首那他(宇主)　著

第 一 章

在著书的开始,〔作者〕想顺利地完成所要开始的〔著作〕,便面向主宰文学的语言女神①〔求告〕:

愿那位有着秋月的美丽光辉的,〔主宰〕语言的女神,在我心中消除黑暗,永远照明一切事物(意义)。② (1)

〔因为〕这部书是属于诗的一部分并且以诗的果实为其果实,〔所以作者先〕说诗的果实:③

因为,即使是智慧很少的人,只由于诗就能容易得到四大事的果实,所以〔现在要〕说明它(诗)的特性。④ (2)

〔所谓〕得到四大事的果实可以从〔诗中〕鼓励当做的和禁阻不当做的教训中明白,〔例如说〕应当像罗摩等那样行动而不应当

---

① “文学”字面是“语言所构成的”。“语言女神”即“辩才天女”。参看第 17 页注①。

② “事物”与“意义”是一个词,又有“目的”之义。这诗作为本文,其实是歌诀,本章中连颂诗算在内只有三节,其余算是释文。参看第 65 页注①。

③ 这以下所说的“诗”都是广义,即文学。“果实”指结果、报酬、好处,亦即作用与目的。

④ “四大事”见第 19 页注③,参看第 1 页注③。“特性”亦可译“本质”,照字面直译是“自己的形式”。

像罗婆那等那样。①

〔前人〕说过:②

> 从事好诗能获得法、利、欲、解脱中以及〔各种〕技艺中的特殊技巧,以及声誉、欢乐。

此外,从诗可以获得法是由于歌颂大神那罗延的莲花足等。“一个词,应用得正确,理解得正确,就在天上和人间成为如意神牛。”这一类的《吠陀》文句〔已经使这一道理〕为大家所熟悉了。〔从诗可以〕获得利是〔大家〕亲眼看到的。〔从诗可以〕获得欲〔的满足〕就是通过利。〔从诗可以〕获得解脱是由于不去结合从这(诗)所产生的法的果实;也是由于〔诗能〕使人通晓有益于解脱的词句。③

从《吠陀》经典获得四大事的果实,由于〔它们〕枯燥乏味,只是智慧成熟的人〔才可以〕很困难地〔办到的事〕;而从诗〔获得〕,则由于〔诗能〕产生大量的最高欢乐,连智慧很弱的人〔也可以〕很容易地〔办到〕。

那么,智慧成熟的人,既然有了《吠陀》经典,又何必致力于诗呢? 不应该这样说。〔吃〕苦药才能治好的病,〔如果〕白糖也能治好,哪一个病人不〔认为〕用白糖医治更好呢?

而且,《火神往世书》④里曾说到诗的优越性:

---

① 罗摩是史诗《罗摩衍那》中的英雄,罗婆那是他的敌人,劫掠了他的妻子,最后被消灭。参看第 74 页注③、第 67 页注②、第 50 页注②。

② 原注云:此指《诗庄严论》作者(约七世纪)等人所说。

③ 本书作于十四世纪,此时所谓“法”已经是基本上只指宗教行为,与史诗时代的不大相同了。那罗延即主宰宇宙大神毗湿奴的别名。“如意神牛”参看第 18 页注②。所引句子出于讲文法的书《大疏》。《吠陀》是最古的经典。这句话并不见于《吠陀》。获利一点,注云,例如古诗人为戒日王作剧得财,参看第 66 页注④。诗可得解脱的解说中前半的意思是:以诗颂神本可得福报(法的果),若放弃不受,即得解脱。

④ 《往世书》是记载神话传说的印度教圣典。此处及下文引了其中的两部。

世间人身难得，此中（得人身后）学问更难得，此中（学问中）诗学难得，此中（诗中）才能更难得。

还说："戏剧是获得三大事①的手段。"

《毗湿奴往世书》中也说：

诗的谈论和一切乐歌都是大神毗湿奴的以语言为形体的一些部分。

因此要说明诗的特性。借此也表明了〔本书的〕内容。

关于诗的特性究竟是什么，有人说过："这（诗）就是词和义无〔诗〕病，有〔诗〕德，而有的地方缺些修饰。"②这话是值得考虑一下的。因为，如果无病才能被承认是诗，那么，

我有一些敌人，这就是〔对我的〕侮辱，而且其中又不过是这个修苦行的人，他又是在这个地方（我的京城之内）杀戮罗刹全族，啊呀！还当〔十首王〕罗婆那（我）活着的时候！

可耻啊！〔英雄〕胜天帝！醒了的〔英雄〕瓶耳又有什么用？因为劫掠了小小天堂而白白健壮起来的〔我的〕这些手臂又有什么用？③

这一节诗有了未考虑应描述的病，就不能算是诗了。可是它由于有韵（言外之意）仍被认为上品诗。所以〔上述诗的定义所说

---

① "三大事"即前面所说"四大事"而去掉"解脱"。

② 这是十一世纪曼摩吒作的《诗光》中的诗的定义，见该书第一章（第4节诗前半）。"病"和"德"都有具体内容。"修饰"指各种修辞手法。"缺"，原注云是少之义，即并非处处都有明显的修辞手法。

③ 这是写史诗《罗摩衍那》故事的一部戏中的一节诗，是罗摩消灭罗刹时，罗刹之王罗婆那的话。他称霸世界，结果被一个流放的王子，亦即森林中修苦行的平民所败，临死还像楚霸王一样狂妄自大。胜天帝是他的儿子，曾战胜天帝因陀罗。瓶耳是他的弟弟，有无比勇力，但常睡不醒。他俩都被罗摩兄弟所杀。罗婆那有十个头（故称十首王），二十只手臂。

的〕特征有了〔逻辑上的〕病(错误),即不周延。①

如果说,这里有的部分是有病的,可不是全部。那么,有病的部分就应当不是诗,有韵的部分就应当是上等诗;这样,从两部分得出的〔结论〕就是,是诗或不是诗,〔于是成为〕什么也不是。而且,并不是说伤害听等等〔病〕伤害了诗的一部分就算是病,而是说〔伤害了〕诗的全部〔才算是病〕。所以,〔只要〕没有消去作为诗的灵魂的味,这些病并不被认为〔病〕。否则,也不必分别规定经常的病与不经常的病了。正如《韵〔光〕》的作者所说②:

> 〔前人〕所指出的伤害听等病是不经常的,〔那么〕就是说,这些在以韵为灵魂的艳情中就是应当忽视的了。

而且,这样的〔无病的〕诗或则是非常罕见,或则是简直不见,因为任何病也没有的诗是绝对不存在的。③

如果说,可是〔这儿〕用的"无"的意义是"少"④。那么,既说了"诗是词和义有少病",〔词和义〕都无病的就不算是诗了。如果说,〔病〕确实存在,〔所以说〕"少病"。这也不应该说是诗的特征。因为在说珠宝等的特征时,虫伤等是除去的。虫伤等不能够取消珠宝的珠宝之性,只不过〔增减珠宝的〕价值的高低罢了⑤。

---

① "应描述"在这节诗中是"侮辱"和"白白"(无用),但在句子中成了次要成分,所以是"未考虑",这被认为一病。"韵"是较晚之说。就此诗论,几乎字字都有言外之意,作为反衬、反问,因而加强渲染了其受侮辱;因此,不正面说反而有了"韵"。诗分上中下三品,以"韵"为主的是上品诗。见《诗光》第一章。

② 指九世纪的《韵光》作者欢增(阿难陀伐弹那)。引文是该书第二章第11节诗。但此书有诗,有散文说明,两者是否一人所作,尚未能定。诗的作者若是另一人,而欢增只是《韵光》即释文的作者,则本书所说《韵》的作者即非欢增。

③ 此段继续反驳《诗光》给诗下的定义中"无病"一条,指出其片面性,把病分为经常的与不经常的,即有的病在某些情况下不算是病。"味"指文学作品中的基本情调,各家的具体说法不同。参看第76页注③。

④ 原文"无"是表示否定的前缀,可以有相反、没有、很少等含义。

⑤ 直译是"做出可接受性的相对(比较)性"。

此处〔所说的〕伤害听等〔病〕对于诗也是一样。〔前人〕说过：

> 与虫伤的珠宝等相同,〔诗中〕尽管有了一些病态,只要明显包括了味等,仍然被认为〔具有〕诗性。

再者,“词和义有〔诗〕德”〔这个〕形容语也不恰当①。因为德是和味具有同一性质的。他自己(《诗光》的作者)就说明了“〔诗德是〕味中具有的性质,好像精神中〔具有的〕英勇等等一样”。

如果说,由于〔德〕表明了味,以转义说②〔有德〕还是恰当的。这仍然不对。因为:作为诗的特性的词和义之中有没有味?如果说没有,〔那么〕德也没有了,因为德的有无是依附于它(味)的有无的。如果说有,〔那么为何不说〕“有味”〔作为〕形容语呢?

如果说,由于德不能从其他而得,〔所以说了德,〕这个(味)就有了。那么,只有说“有味”才对,而不是说“有德”。因为当应该说“有人的地方”时,任何人也不会说“有英勇的地方”。

如果说,〔说这话的〕用意是,〔说了〕“词和义有德”〔指的是〕应当在诗中应用能表明德的词和义。〔这也〕不〔对〕。〔因为〕表明德的词和义只是规定诗中的优秀之点,而不是规定〔诗的〕特性。因为〔前人〕说过:“诗〔好像人一样〕以词和义为形体,以味等为灵魂,德好像是〔人的〕英勇等等,病好像是瞎一只眼等等,风格好像是各部分的不同肢体,修饰好像是臂钏耳环等等。”③

由此,〔《诗光》〕所说“而有的地方缺些修饰”〔的话〕也被排

---

① 此为反驳《诗光》所下诗的定义中的第二点。

② 指两者互有密切关系,说此即了解到彼,仿佛暗示。“转义”本是文法家的一个用语,又为哲学家所用。此处假设对方说,德从属于味,所以说有德就暗示了有味。

③ “词和义”即语言,“味”有艳情、滑稽、悲悯、暴戾、英勇、恐怖、厌恶、奇异等八种,或加平静为九,或再加慈爱为十。参看《舞论》第六章。“德”有甜蜜、壮丽、显豁等十种,或只承认此三种(《诗光》),见《诗镜》。“病”包括很多,各家有不同的分析。“风格”有南方派、东方派等二至四种。“修饰”有意义的修饰如显豁、隐喻等,词(声)的修饰如谐声、回文等。

除了。它(这话)的意思是:诗是处处有修饰的词和义,但是有的地方〔词和义〕没有明显的修饰。这儿,有修饰的词和义也只是规定诗中的优秀之点,〔而不是规定诗的特性,因此不能算是诗的定义〕。

由此,《曲语生命论》的作者所说"曲语是诗的生命"〔的话〕也被排除了,因为曲语〔不过是〕修饰的〔一种〕形式。①

至于"有的地方修饰不明显"一点,〔《诗光》〕引的例子是:

> 那夺〔我〕童贞的人正是〔我的〕丈夫,那些春夜也还照旧,而且那挟着盛开的茉莉香气的芬芳的醉人的风〔也还如故〕,我也还是我,可是,〔我的〕心却向往于勒瓦河边,苇丛树底,欢爱的游戏。②

这值得考虑。因为这〔节诗〕中,以无因有果和有因无果为基础的,犹疑错杂的修饰手法是明显的。③

由此,〔《辩才天女的颈饰》④中说的〕

> 诗人作了无病的,有德的,以〔各种〕修饰〔手法〕修饰了的,带有味的诗,获得声誉和欢乐。

等等〔的话〕也不能算是〔说出〕诗的特征了。

至于《韵〔光〕》的作者所说,"诗的灵魂是韵",究竟是指内容(事实)、修饰、味等特征的三种形式的韵是诗的灵魂呢,还是仅仅

---

① "曲语"是模棱的话,用双关语或反问的语调使意义隐晦,实际即指"巧妙的措辞"。《曲语生命论》的作者是十世纪的恭多罗。这一派是反对"韵"为诗的主体的。

② 《诗光》也引此诗,略有不同。参看第68页注④。

③ 这是驳《诗光》所下定义的第三点。"无因有果"直译是"显现"。此指诗中说的不应想当年而竟怀想。"有因无果"直译是"殊说"。此指诗中说的有各种不必恋旧的原因而竟恋旧。"犹疑"指迷离惝恍的说法。"错杂"指把两种修辞手法合在一起。这些都照较晚的解释,与较早的《诗镜》所说有所不同。

④ 传为十一世纪一个国王的著作,综合论述文学理论。

指味等形式的〔韵〕[1]？不是前者，因为〔那样就包括了〕谜语诗等，范围太宽了。如果说是后者，我们就说"正是"。可是，如果仅仅味等形式的韵是诗的灵魂，那么，

> 婆婆在那边躺下。我在这边。〔你〕仔细观察白天。客人啊！夜盲者啊！可别躺到我床上来。[2]

像这样的一些〔诗〕不过暗示了内容（事实），怎么会〔算在〕诗的传统范围〔之内〕呢？——如果这样〔反驳〕，〔我们答复说，〕不然。我们说，这〔诗〕里也还有似味[3]。否则，连"提婆达多去村中"〔这样的〕句子里，由于了解到〔它〕暗示了他的仆人也随他去，〔这〕也算是诗了。如果说，就算〔它〕是〔诗〕吧。〔我们答：〕不然，因为有味的〔句子〕才被〔大家公〕认为诗。因为诗的目的（作用）是通过给予尝味之乐而使不肯〔学习〕《吠陀》经典学问的，智慧微弱的，要受教育的王子等人〔获得〕鼓励当做的和禁阻不当做的教训，〔例如说〕应当像罗摩等那样行动而不应当像罗婆那等那样。这是古人也都说过的。如《火神往世书》也说过：

> 尽管〔诗中〕以语言技巧为生，但只有味才是其中的生命。

《辨明论》的作者也说：[4]

> 味等形式〔作为〕诗的有肢体的（或：紧密相连的）灵魂是

---

① "味等"指味、情、似味、似情，见下文。所引《韵光》的话是该书第一章第1节诗的开头一句话。

② 这诗原文是俗语，是俗语诗集《七百首歌》中的一首。此书年代尚未定。这诗是丈夫不在家的年轻的媳妇对来求宿的路过的客人说的，表面要他不来，实际暗示要他来。《韵光》第一章中亦引此为例，说是"明禁止而暗鼓励"。

③ "似味"指此诗中还含有艳情之味。下文"否则"的意思是："若连内容事实的暗示也算诗。"

④ 《辨明论》是十一世纪的一部文学理论著作。

无人不同意的。①

《韵〔光〕》的作者也说：

> 诗人并不是仅仅叙述已发生的事情就能得到〔诗的〕灵魂（或加：名义），因为那只要依历史传说等就可以成功（或：因为〔照那样〕历史传说等就成为诗了）。②

如果说，那么，作品中包含的一些无味的诗就不能算是诗了。〔这话〕不然。因为正像有味的诗中包含有一些无味的词由于诗的味〔而被认为具有味〕一样，它们（无味的诗）正由于作品的味而被认为具有味。至于无味的〔诗〕由于存在着表明〔诗〕德的词和义，由于不存在〔诗〕病，又由于存在着修饰，〔被列入〕诗的传统范围，这是因为它和具有味等的诗的著作〔形式〕相同之故，因而只是〔在〕次要的〔意义上算作诗〕。

还有，伐摩那说："风格是诗的灵魂。"③这不对。因为风格〔只是指〕连缀〔词句〕的特殊〔形式〕，因为连缀〔词句只是〕肢体的安排形式，而灵魂则与它有别。

还有，《韵〔光〕》的作者说：

> 〔智者〕规定下了知〔诗〕者所赞赏的意义是诗的灵魂，相传它分为两种，即被说出的和被了解的。

这里，被说出的〔意义算作诗的〕灵魂〔这一点〕，由于同〔他〕自己

---

① 原文两种版本中有一音不同，故意义有异。

② 一本中多一词。后半原文过简，故两本解释也不同。"那"一词，一认为指诗，一认为指历史传说。查此语见于《韵光》第三章，用词有异，而意义较明："诗人仅仅叙述已发生的事情是毫无意义（目的、作用）的，因为历史〔著作〕就可以完成它（目的、作用）。"

③ 伐摩那是八世纪人，《诗庄严经》的作者。"风格"一词是借用现代术语译，含义不尽相同。

的“诗的灵魂是韵”的话相矛盾而被排除了。[1]

那么,什么才是诗呢?(或:诗有怎样的特性呢?)[2]

〔作者〕说:

> 诗是以味为灵魂的句子。[3]

我们将〔在第三章中〕说明味的特性。〔“以味为灵魂的”就是说,〕它仅仅是以味为灵魂,〔而味〕由于〔是诗中〕精华的形式〔所以是〕赋予〔诗以〕生命的。缺少了它(味),这(句子)就不被认为具有诗性了。(或:被了解为不存在诗性了。)[4]

“被尝味的即是味”,依据这个词源分析,情及其似等也包括在内了。

其中,味〔的例子〕如:

> 这女郎仔细地观察了空无他人的卧房,轻轻地起床,久久地注视,然后放心地亲吻,那假装熟睡的丈夫的脸庞,〔忽然〕看到了〔他的〕颊上汗毛竖起,便羞怯地低下头来,被情郎笑着吻得久久不放。[5]

这里的味名为欢乐艳情。

情〔的例子〕如外务大臣大学士罗伽婆阿难陀〔所作〕的:[6]

> 他的鳞上曾收下大海,背上〔曾收下〕大地,牙上〔曾收下〕土地,爪上〔曾收下〕魔王,足下〔曾收下〕地,愤怒中〔曾

---

① 《韵光》注者认为并无矛盾。这里的“意义”即指“韵”,而所有意义都是先听到说出的字面意义,然后了解到言外之意的。所引的诗是《韵光》第一章的第2节诗。“诗的灵魂是韵”是它前面第1节诗的第一句话。

②④ 这句两本不同,故有两译。

③ 这是本章中第3节诗的第一“句”(四分之一)。

⑤ 这是描绘女人的艳情诗《阿摩卢百咏》中的一首(孟买版第八十二首)。《韵光》第四章中也引了这诗为例。

⑥ 原注云:这是作者的哥哥。“外务大臣”直译是“掌战与和的大臣”,“大学士”直译是“大人物”,通常指丞相,原注云,是国王赐的称号。

收下〕王族，箭上〔曾收下〕十首王，手中〔曾收下〕妖魔，入定中〔曾收下〕世界，剑下〔曾收下〕邪恶之族，对这样的〔大神我恭敬〕顶礼。①

这里的情是对于大神的倾心（崇拜）。②

似味〔的例子〕如：

大黑蜂追随着自己的爱人，在同一朵花杯中饮蜜，而黑斑鹿则用角搔那感到舒适而闭上眼睛的母鹿。③

这里，因为把欢乐艳情加在低级生物身上，〔所以是〕似味。另一个（似情）也是这样。

〔诗〕病是它（诗）的减低。④

所谓诗的减低就是说，伤害听和不益义等〔病〕通过词和义，减低作为诗的灵魂的味，好像瞎一眼和跛一足通过身体减低〔灵魂〕一样，不定的情等的经自己语言表现的〔病〕，直接〔减低作为诗的灵魂的味〕，好像愚蠢等〔直接减低灵魂〕一样。我们将〔在第

---

① 这是歌颂大神毗湿奴的十次化身的诗。一化为鱼，从洪水中救人类始祖摩奴；二化为龟，在水中背负大地；三化为野猪，将沉入水中之大地用牙举起；四化为人狮，除去任何人或兽不能敌的魔王；五化为侏儒，两步跨过天和地，第三步将魔王踏入地下；六化为持斧罗摩，三七二十一次消灭王族（刹帝利）；七化为罗摩，除去十首王罗婆那；八化为大力罗摩，杀死一魔王；九化为佛，教化世人入寂灭；十化为迦勒吉，消灭一切不信正法（宗教等）之邪恶外族。此最后一化身尚在将来，诗中亦借用过去时动词。原注云，因过去世中已曾如此，历史循环，故可通云。

② “倾心”原词为“欢爱”，此指对神一心恋慕。

③ 这是迦梨陀娑的长诗《鸠摩罗出世》第三章第 36 节诗，写爱神到雪山后的情景。

④ 这是本章中第 3 节诗的第二“句”。

七章中〕列举它们(病)的各种例子。①

〔诗〕德等有什么样的特性呢?

德、修饰、风格称为〔味的〕增高之因。② (3)

所谓诗的增高就是说,〔诗〕德好像英勇等〔品质〕,修饰好像臂钏耳环等,风格好像各部分的不同肢体,〔诗德、修饰、风格〕通过词和义增高作为诗的灵魂的味,〔好像英勇等等〕通过身体〔增高灵魂〕一样。这里,虽说〔诗〕德是味的性质,但是这里的"德"一词是由于转义而加在表明德的词和义上面了。所以说"表明〔诗〕德的词〔和义〕是增高味的",这〔我们〕在以前已经说过了。我们将〔在第八章中〕列举它们(德)的各种例子。

以上诗人之王毗首那他作《文镜》第一章,章名《论诗的特性》。③

---

① "伤害听"是词(声)的病。"不益义"是意义的病,指一个词并不对诗句中的"味"起有益作用。"不定的情"是一种"味"中可有可无的、暂时的、次要的"情"。至于经常的,主要的则称为"固定的情"。参看《诗镜》第三章第一百七十节及译者注。

② 这是本章中第3节诗的后半。

③ 作者名前还有一大串称号,未译。

“外国文艺理论丛书”书目

第 一 辑

书 名	作 者	译 者
柏拉图文艺对话集	〔古希腊〕柏拉图	朱光潜
诗学	〔古希腊〕亚理斯多德	罗念生
古代印度文艺理论文选	〔印度〕婆罗多牟尼 等	金克木
诗的艺术(增补本)	〔法〕布瓦洛	范希衡
艺术哲学	〔法〕丹纳	傅　雷
福楼拜文学书简	〔法〕福楼拜	丁世中　刘　方
波德莱尔美学论文选	〔法〕波德莱尔	郭宏安
驳圣伯夫	〔法〕普鲁斯特	沈志明
拉奥孔(插图本)	〔德〕莱辛	朱光潜
歌德谈话录(插图本)	〔德〕爱克曼	朱光潜
审美教育书简	〔德〕席勒	冯　至　范大灿
悲剧的诞生	〔德〕尼采	赵登荣
艺术与现实的审美关系	〔俄〕车尔尼雪夫斯基	周　扬
卢那察尔斯基论文学	〔苏联〕卢那察尔斯基	蒋　路
小说神髓	〔日〕坪内逍遥	刘振瀛